LE MERVEILLEUX VOYAGE EN FRANCE D'OMAR BEN ALALA

et autres contes du futur

DU MÊME AUTEUR

La Défense, le pouvoir et l'argent, Albin Michel, 1992.

La Défense, expression des arts urbains du XXe *siècle*, Albin Michel, 1992.

La France retrouvée, Albin Michel, 1993, Prix Philippe Lamour.

Maxime Du Camp, un spectateur engagé du XIXe *siècle*, Stock, 1996, Grand Prix du Romantisme Chateaubriand - La Vallée-aux-Loups, Prix Marcel Thiébaut, Prix Andrée Gautier.

La Présidente, une égérie au XIXe *siècle*, Stock, 1998.

1900, journal d'un changement de siècle, Éd. de Fallois, 2000.

GÉRARD DE SENNEVILLE

LE MERVEILLEUX VOYAGE EN FRANCE D'OMAR BEN ALALA

et autres contes du futur

Éditions de Fallois
PARIS

22, rue La Boétie, 75008 Paris

ISBN 2-87706-429-8

LE MERVEILLEUX VOYAGE EN FRANCE D'OMAR BEN ALALA

2101

Lorsque Alala ben Ahmed, émir d'In-Salah, autorisa son fils Omar à partir pour la France, il le mit en garde : « Ton plus cher désir est d'aller étudier l'histoire à la Sorbonne, mais tu dois savoir les dangers qui t'attendent. Tu as la chance de vivre au cœur du Sahara, dans de paisibles oasis, où j'ai su maintenir l'unité de l'émirat et sa sécurité en tenant la bride haute aux caïds et aux sociétés pétrolières. Il n'en est pas de même en France où les grands féodaux règnent en maîtres. Certes, ils rendent hommage au président de la République, mais ce dernier n'a qu'une autorité de façade et chacun préfère confier sa sécurité à de puissants seigneurs, qui recrutent des vigiles et défendent leurs vassaux. Ils exercent dans leur fief un pouvoir sans partage dont ils abusent souvent. Ta route sera semée d'embûches, c'est pourquoi je te donne pour guide Ali Babar, mon fidèle serviteur, qui a longtemps vécu là-bas. Surtout j'ai envoyé des e-mails de recommandation à de hauts seigneurs de mes amis : en te plaçant sous leur protection tu pourras circuler sans encombre et vivre en France sans soucis. Mais sois vigilant. Que Dieu et l'Internet te gardent, mon fils ! »

*

Le lendemain Omar ben Alala, muni d'une carte de crédit et accompagné du fidèle Ali Babar, s'envolait pour Orly à bord de l'avion particulier de son père. Deux heures plus tard, il atterrissait… à Nantes, car le cacique des Aiguilleurs du Ciel avait décidé ce jour-là d'interdire l'utilisation des aéroports de Paris. « Qu'à cela ne tienne, se dit Omar, mon père a envoyé un e-mail à Guyau IV, duc de la Pac, dont le fief est en Vendée : je vais me placer sous sa protection. » Il loua une voiture et, toujours accompagné d'Ali Babar, prit l'autoroute de La Roche-sur-Yon.

Peu avant le péage une longue file de voitures attendait devant un barrage de camions. « Ce sont les vassaux du très redouté sachem des Transporteurs, lui expliqua Ali Babar. Au XXe siècle, la circulation sur les autoroutes était libre en France. Mais, un jour, vers la fin du siècle, les transporteurs routiers décidèrent de bloquer tous les dépôts de carburants pour protester contre une hausse du gas-oil. De peur de mécontenter cette puissante corporation, le Premier Ministre de l'époque n'osa donner l'ordre à la gendarmerie de disperser les barrages pour rétablir la liberté de circulation ; il préféra faire appel au " sens civique " des transporteurs. Résultat : alors qu'en Angleterre, la police dégageait les routes en vingt-quatre heures, les dépôts de carburants français restèrent bloqués pendant dix jours. Dès lors les transporteurs n'hésitèrent plus à bloquer les autoroutes et les dépôts de carburants chaque fois qu'ils avaient une revendication à satisfaire. La méthode était bonne : ils obtinrent toujours satisfaction. »

Pendant qu'Ali Babar donnait ces explications, la voiture était arrivée à hauteur du barrage. Les féaux chauffeurs du sachem des Transporteurs couvraient de quolibets les automobilistes silencieux et ne les laissaient repartir qu'après signature d'une pétition et versement d'une contribution à un fonds de soutien. Celle-ci n'était pas obligatoire, mais tous les usagers la payaient pour éviter les railleries et une attente supplémentaire. Omar, ayant fait savoir qu'il se rendait chez le duc de la Pac, fut traité avec plus de respect que les précédents automobilistes, mais dut lui aussi verser vingt euros à l'aide de sa carte de crédit. Il s'apprêtait à acquitter les quatre euros du péage à la barrière placée immédiatement après le barrage de camions, quand le chef des transporteurs fit signe à l'employé de la société d'autoroute de le laisser passer gratuitement.

« Vraiment, le sachem des Transporteurs est un puissant seigneur », pensa Omar.

★

À la sortie de l'autoroute, la voiture se heurta à un barrage de tracteurs, mais le nom de Guyau IV fit merveille : le barrage s'ouvrit et un 4 x 4 guida les voyageurs vers la villa du duc de la Pac. Entourée de bâtiments agricoles, elle s'élevait au milieu d'un paysage désolé : pas un arbre, pas un buisson, mais à perte de vue d'immenses champs de maïs. Habitué à la riche végétation des oasis sahariennes, Omar s'en étonna. Ali Babar lui apprit que les agriculteurs européens avaient reçu pendant longtemps des primes pour chaque arbre abattu et chaque haie arrachée.

La ferme était composée de huit longs bâtiments métalliques surmontés de silos de poudre alimentaire. Ali Babar expliqua qu'au XXe siècle les vaches avaient l'habitude de paître directement dans les prairies, mais comme des primes étaient versées pour chaque hectare de maïs, les exploitants agricoles préféraient consacrer leurs terres à cette culture, enfermer les vaches dans des cages et les nourrir de poudres alimentaires achetées avec le produit de la vente du maïs. « Voilà qui est bien compliqué », pensa Omar.

Guyau IV accueillit son visiteur avec cordialité : « Bienvenue au fils de mon vieil ami Alala ben Ahmed. » Il lui fit visiter sa riche villa et notamment la galerie des portraits où figuraient tous les ducs de la Pac, depuis François-Guillaume Ier de Ville-en-Vermois, dit « le Lorrain », jusqu'à Guyau III « le Hardi » en passant par Guyau Ier « le Barbu ». Guyau IV évoqua avec fierté les exploits de ces rudes et fiers seigneurs : les ministres conspués, le fumier répandu devant les préfectures, les gendarmes aspergés de purin, les bâtiments administratifs saccagés, le parlement de Bretagne brûlé, le mobilier urbain détruit. Guyau Ier était si redouté qu'il put obliger le sous-préfet de Parthenay à manger en public d'immondes farines animales et à s'en déclarer content. Bref, les ducs de la Pac avaient su se faire respecter et conquérir de haute lutte les subventions, les exonérations et les dérogations, qui permettaient aujourd'hui aux Exploitants de vivre à l'aise sans avoir à se soucier de la commercialisation de leurs produits.

« Qui sont les Exploitants ? demanda Omar.

— Ce sont les cultivateurs qui m'ont juré foi et hommage, répondit Guyau IV. Il existe bien quelques paysans qui refusent de me prêter le serment d'allégeance, mais, ne pouvant prétendre au titre d'Exploitant agricole, ils n'ont droit à rien : ni aux primes, ni aux prêts du Crédit agricole, ni à la préemption des terres d'autrui, ni aux emplois dans les organisations syndicales... Bref, ils ne peuvent vivre que de leur activité de producteurs. Quelques-uns y parviennent cependant, mais – rassure-toi – ceux-là, je les ai à l'œil. »

Guyau IV s'efforçait d'être digne de ses glorieux aïeux : le mois précédent les Exploitants avaient assiégé Saint-Gaudens pendant une semaine, interdisant tous les accès de la ville. Ce fut un grand succès : pas moins de 52 UBM ! Aussi, sur les instances du gouvernement français, la Communauté européenne ne tarda-t-elle pas à accorder la subvention pour « reconstitution des haies » que réclamait le duc de la Pac, sans néanmoins supprimer la prime d'arrachage, ce qui permettrait à l'avenir de créer un fructueux cycle de production avec une alternance de plantations et d'arrachages.

« Qu'est-ce qu'une UBM ? interrogea Omar.

— Une Unité de Bruit Médiatique, expliqua son hôte. Cette unité de mesure correspond à un pour cent de la population française exposée pendant une journée à une page écrite dans la presse ou une minute d'information à la radio ou à la télévision. Le calcul des UBM, confié à une société indépendante, nous est d'une grande utilité, car il nous permet de mesurer l'impact de chacun de nos exploits : ainsi une manifestation ordinaire – choux-fleurs ou purin répandus devant une préfecture – donne entre 5 à 10 UBM, ou même 15 si on l'accompagne du saccage d'un peu de mobilier urbain ; le siège d'une ville – tu le constates avec Saint-Gaudens – produit jusqu'à 52 UBM ; je ne doute pas qu'on puisse monter à 60 ou même 70 en choisissant une ville plus importante. Quant à l'enlèvement d'un préfet ou d'un ministre, il permet d'obtenir un minimum de 80 UBM pendant une bonne semaine, mais cela reste un événement exceptionnel. »

« Vraiment, le duc de la Pac est un habile seigneur », pensa Omar.

★

Guyau IV téléphona lui-même au sachem des Transporteurs pour lui demander de laisser Omar circuler sur les autoroutes qui mènent à la région parisienne. Le sachem accepta de bonne grâce, si bien que, pour le remercier de sa générosité, l'émir d'In-Salah fit par virement bancaire un don de trois mille euros au fonds de soutien des Transporteurs. Omar parvint donc sans encombre à la cité des Framboisiers, à quelques kilomètres de Paris, dont le caïd était un vieil ami de son père.

En arrivant dans la cité, Omar fut arrêté par une « douane ». S'étant fait connaître, il fut aussitôt conduit devant le caïd. Mahmoud le Somptueux l'accueillit avec de grandes marques d'affection et, pour fêter dignement son hôte, décida d'organiser une fantasia en son honneur. Ce fut un spectacle comme on a rarement l'occasion d'en voir aujourd'hui : vêtus de leur costume traditionnel – casquette à l'envers, jeans larges tombant en tire-bouchon sur des Nike délacées – les meilleurs *free-riders* de la garde du caïd rivalisèrent d'agilité pour la plus grande joie d'Omar et d'Ali Babar. Le clou de la fête fut une charge de trente planches à roulettes qui s'arrêta brusquement à deux mètres du caïd et de ses hôtes, chaque *skater* faisant sauter sa planche en l'air pour la récupérer dans la main avec désinvolture. Puis la soirée se prolongea par des danses sur de vieux rythmes de rap.

Omar félicita Mahmoud : « Quelle belle fête ! Quelle foule joyeuse ! Visiblement il fait bon vivre aux Framboisiers. Tu peux être fier de ta cité.

— Détrompe-toi, lui dit le caïd, les Framboisiers ne sont plus ce qu'ils étaient. Il y a encore une dizaine d'années nous vivions paisiblement de nos allocations, de la drogue, du racket et de quelques larcins dans la petite ville voisine de Marne-la-Jolie. Découragée par les jets de pierres, la police nous laissait tranquilles. Les pompiers, les autobus et les médecins ne s'aventuraient plus dans les allées de la cité et le centre commercial était devenu un souk bien achalandé, où s'étalaient des marchandises volées dans toute la région parisienne. Mais, il y a six ans, les jeunes de la cité ont effectué une razzia un peu trop violente à Marne-la-Jolie ; rien de bien méchant, mais il y eut quelques blessés parmi les commerçants qui tentaient de défendre leurs boutiques. Aussi les habitants de la ville décidèrent-ils de confier leur protection à des Albanais et ils firent allégeance à Zobzog, un reître venu tout droit de Bazar-Shiak, près de Tirana, avec sa compagnie. Si les Jolimarnais avaient choisi, comme les bourgeois d'autres villes, de faire appel à des Corses ou même à des Russes, nous aurions pu vivre en bon voisinage : il nous aurait suffi d'aller razzier plus loin. Mais, de tous les mafieux, mercenaires et autres vigiles venus s'installer en France au cours des dernières décennies, les Albanais sont, sans aucun doute, les plus cruels. Ils ne se contentent pas de faire sauter une voiture de temps à autre, ils tuent pour le plaisir, violent, pillent et n'ont aucune parole. Depuis leur arrivée nous ne pouvons plus sortir de la cité qu'en force. Demain, je te ferai donner une escorte pour que tu puisses gagner Paris sans avoir à craindre une attaque des sbires de Zobzog. »

« Vraiment, pensa Omar, le caïd des Framboisiers est un généreux seigneur. »

⋆

Hélas, peu après avoir quitté la cité des Framboisiers, la voiture d'Omar tomba dans une embuscade tendue par les Albanais. L'escorte s'enfuit et le malheureux voyageur se retrouva ligoté au fond d'un camion, en compagnie d'Ali Babar, du chauffeur et d'un garde du corps, qui avaient subi le même sort. Leurs gardiens les bourraient de coups de crosse chaque fois qu'ils bougeaient.

Le camion gagna Marne-la-Jolie et, toujours

saucissonnés, les quatre prisonniers furent jetés aux pieds du féroce Zobzog. En apprenant qu'Omar était le fils de l'émir d'In-Salah, le baron de Marne-la-Jolie comprit qu'il pourrait en tirer une rançon. Il décida donc de conserver en bon état ce prisonnier providentiel, ainsi que son serviteur. Le chauffeur et le garde du corps, qui n'avaient aucune valeur marchande, furent renvoyés, les yeux crevés, aux Framboisiers. À Omar, qui s'indignait de cette barbarie, Zobzog répondit : « Aucune importance : il s'agit d'un événement purement local, qui ne fera même pas deux UBM. En revanche, cet exemple inspirera une crainte salutaire aux Framboisiens ! »

Omar et Ali Babar furent conduits dans un hôtel d'aspect coquet, situé sur la place principale de la petite ville. Ils y furent logés dans deux grandes chambres avec salle de bains, mais il ne fallait pas songer à s'évader : des gardes albanais surveillaient portes et fenêtres, et Zobzog avait dit à ses prisonniers qu'en cas de tentative de fuite ils subiraient le sort du chauffeur et du garde du corps. Secondé par un serveur, le patron de l'hôtel vint lui-même apporter son dîner à Omar et lui demander s'il n'avait besoin de rien. C'était un homme affable et le jeune voyageur engagea la conversation : « Ces farouches guerriers albanais ne vous inspirent-ils aucune terreur ?

— Aucune, répondit l'aubergiste. Ils sont fort polis avec les habitants de la ville. Ils aident les vieilles dames à traverser la rue et donnent des bonbons aux enfants. Il faut dire que Zobzog fait régner la discipline dans sa troupe : un de ses hommes qui, pris de boisson, avait créé du scandale dans un café, a été immédiatement décapité.

— Mais ce Zobzog est un barbare ! Je l'ai vu moi-même faire crever les yeux à des prisonniers ! Comment avez-vous pu lui faire allégeance ?

— Nous n'avions pas le choix, expliqua l'hôtelier. La police se montrait incapable de nous protéger des bandes venues des Framboisiers. Et quand, par extraordinaire, elle réussissait à mettre la main sur l'un de ces brigands, il était immédiatement relâché par les juges. Le commerce de Marne-la-Jolie était ruiné et des habitants commençaient à quitter la ville pour des lieux plus sûrs. Le conseil municipal décida donc de confier la protection de la ville à un capitaine albanais, qui vint s'installer ici avec ses hommes pour y exercer la charge de baron de Marne-la-Jolie. Nous lui versons tous les trimestres un important tribut, en échange de quoi nous vivons en paix et le commerce a repris son activité. »

« Vraiment, pensa Omar, le baron de Marne-la-Jolie est bien cruel. Mais c'est un puissant seigneur. »

⋆

Une semaine après cette conversation, on fit monter Omar et Ali Babar dans une voiture blindée qui prit la direction de Paris sous la protection d'une escorte d'automitrailleuses. Le baron de Marne-la-Jolie, se jugeant trop modeste seigneur pour entamer une négociation internationale en vue d'obtenir une rançon de son prisonnier, avait jugé préférable de le céder, moyennant une forte somme, au marquis de la Muette, qui, en raison de ses hautes relations, était le mieux placé pour réclamer une rançon importante à l'émir d'In-Salah. C'était également une manière de se concilier un des plus puissants seigneurs de la région parisienne.

Boris Fedor Ostrogovitch, marquis de la Muette, était issu d'une des plus grandes familles de la Mafia russe. Il régnait depuis bientôt vingt ans sur l'un des plus riches quartiers de Paris. Lassés d'être attaqués dans la rue ou à leur domicile par des voleurs de plus en plus brutaux, ses habitants avaient confié la protection de leurs richesses et de leur vie à Boris Fedor en lui rendant hommage. Ils lui avaient concédé le droit de péage sur le boulevard périphérique et lui versaient chaque mois d'importantes redevances féodales sur les terrains bâtis et le chiffre d'affaires ; mais ils n'avaient pas à le regretter car le quartier de la Muette était devenu l'un des plus sûrs de Paris. Les méthodes des vigiles cosaques de Boris Fedor étant des plus expéditives, les malfrats n'osaient plus s'y aventurer. Commerces de luxe et restaurants avaient refleuri rue de Passy et avenue Mozart. Boris Fedor avait même ouvert un casino dans les jardins du Ranelagh, où l'on venait de tout Paris. Il vivait, à quelques pas de là, dans le château de la Muette, entouré de ses maîtresses et de ses courtisans.

Ce fut dans ce château qu'on conduisit Omar. Le marquis de la Muette l'y reçut avec une politesse affectée : « Je suis heureux, cher ami, de vous avoir arraché des griffes de cette brute de banlieue. J'ai déjà annoncé la bonne nouvelle à Monsieur votre père, l'éminent émir d'In-Salah, et, dès qu'il aura viré sur mon compte aux îles Caïmans la somme nécessaire pour m'indemniser de mes frais, vous serez libre d'aller où bon vous semble. D'ici là, vous êtes mon hôte. Vous n'avez rien à craindre : mes cosaques assureront jour et nuit votre protection. » Omar fut installé dans une belle chambre, où rien ne fut négligé pour rendre son séjour agréable : une call-girl lui rendait visite tous les soirs.

Ignorant que la note de frais présentée à son père en était accrue d'autant, Omar pensait : « Vraiment le marquis de la Muette est un fastueux seigneur. »

⋆

Le virement aux Caïmans ayant été effectué, Boris Fedor fit venir Omar pour lui dire qu'il était libre : le jeune homme lui indiqua qu'il souhaitait se rendre auprès de Blondel III, comte des Conducteurs. L'émir d'In-Salah commençait, en effet, à trouver que les dons et rançons versés pour son fils lui revenaient cher ; aussi venait-il de lui recommander d'aller se placer sous la protection d'un seigneur assez puissant pour assurer sa sécurité durant tout son séjour à Paris. Le comte des Conducteurs contrôlait la circulation du Métro parisien, ce qui le faisait craindre dans toute la région. Une seule journée d'arrêt pouvait lui rapporter 80, ou même 90 UBM !

Au seul nom de Blondel III, Boris Fedor Ostrogovitch redoubla d'amabilité : le meilleur moyen de rejoindre le comte, dit-il à son ex-otage, était de prendre le Métro. Toujours accompagné de son fidèle Ali Babar, Omar se dirigea vers la station de la Muette. Une longue file d'attente encombrait l'escalier et s'allongeait sur le trottoir. Un homme qui attendait sans impatience leur apprit que les conducteurs du Métro étaient en grève. « Je croyais que le Métro parisien n'avait plus de conducteurs, s'étonna Ali Babar.

— Toutes les rames sont automatiques, reprit l'homme, mais il y a encore des conducteurs : ils restent chez eux, sauf les jours de grève, où ils sont " de piquet ". En effet, pour accepter l'automatisation, le groupement des conducteurs a imposé à la RATP de confier au comte Blondel une manette qui lui permet, à sa guise, de faire circuler ou d'arrêter toutes les rames. La seule menace de priver de Métro les habitants de la région parisienne suffit généralement au comte pour obtenir ce qu'il désire.

— Et que désire-t-il aujourd'hui ? interrogea Omar.

— Je l'ignore, répondit l'homme et il ajouta en riant : Interrogez-le, si vous voulez.

— C'est bien mon intention », lança Omar et, quittant la file d'attente, il osa descendre vers les quais.

Là, il se fit connaître aux grévistes, qui mirent à sa disposition une rame spéciale. Moins d'un quart d'heure plus tard, il était reçu par Blondel III. Au cours d'un voyage d'étude des conducteurs de Métro dans le Sahara, l'émir d'In-Salah avait accordé au comte Blondel une si généreuse hospitalité que celui-ci était désireux de rendre la politesse. Il trouva immédiatement un logement à proximité de la Sorbonne pour Omar, puis le retint à dîner.

En voyageur curieux, le jeune Saharien profita de l'occasion pour poser la question qui lui brûlait les lèvres : « Pourquoi la grève d'aujourd'hui ? » Blondel III lui répondit sans ambages : « Le président de la République a récemment parlé des conducteurs de Métro avec insuffisamment de respect, allant jusqu'à évoquer des difficultés de circulation dans Paris. Plutôt que de s'en prendre à mes vassaux, il ferait mieux de faire lever les barrières d'octroi dressées par le marquis de la Muette ou le baron de Grenelle ! Il est vrai que le pauvre homme n'en a guère les moyens : le territoire républicain ne va pas au-delà de l'Étoile et ses gardes ont déjà bien du mal à en assurer le contrôle ! J'ai tenu à marquer le coup par une journée de grève ; elle s'annonce déjà comme un succès : les premières estimations me donnent une fourchette de 87 à 92 UBM. Le message a été entendu : le Président vient de me téléphoner pour m'annoncer qu'il me nommait Grand Sénéchal des Transports en Commun. J'ai accepté cette réparation : l'incident est donc clos. Tu m'accompagneras à la cérémonie de remise du plumet. »

« Vraiment, pensa Omar, le comte des Conducteurs est un fier seigneur. »

⋆

La remise du plumet de Grand Sénéchal eut lieu quelques semaines plus tard. « Sens du devoir… dévouement au service public… exigence citoyenne… » : dans son discours le président de la République ne ménagea pas ses éloges aux conducteurs du Métro et à leur illustre chef. Omar se demandait si ces compliments s'adressaient bien à celui qui, peu auparavant, avait obligé tous les habitants de la région parisienne à marcher durant des heures sous prétexte qu'il avait été agacé par un propos trop peu amène du chef de l'État. C'était pourtant bien le cas et Blondel III n'avait pas eu tort d'agir comme il l'avait fait puisque le Président était en train de lui cirer les pompes. « Étrange pays que la France, pensait Omar, les mots de Liberté et d'Égalité sont inscrits au fronton des édifices, mais seuls peuvent survivre ceux qui ont les moyens d'imposer leur force. »

Omar nota le contraste entre le pâle Président, tout de gris vêtu, et les grands féodaux pleins d'assurance, qui venaient féliciter le comte des Conducteurs en paradant dans de riches costumes neufs. « Vraiment, le président de la France est un pauvre et malheureux seigneur », pensa le jeune homme.

*

Les mois passèrent. Omar suivait à la Sorbonne les cours d'Isidore Malet, aimable vieillard qui enseignait l'histoire à un petit groupe d'étudiants. Ils étaient une dizaine, tout au plus, car qui pouvait bien s'intéresser au passé à l'heure de la cybernétique ? Mais ils adoraient leur professeur et se réjouissaient de pouvoir prolonger ses cours par de longues discussions. C'était lors de ces entretiens informels que le maître était le meilleur : il se lançait dans de vastes improvisations, qui fascinaient ses disciples.

Au cours d'une de ces conversations à bâtons

rompus, Omar s'étonna de l'état de la France, qui, après avoir été un grand pays, se trouvait maintenant morcelée en une multitude de féodalités. Isidore Malet esquissa alors un parallèle entre deux régimes féodaux : celui du Moyen Âge et celui de la VIe République. Il commença par évoquer la chute de l'Empire romain, les invasions, l'insécurité et, pour y remédier, le serment prêté à un seigneur à charge pour lui de défendre son vassal. Il évoqua ensuite le siècle des Lumières, la nuit du 4 Août et l'avènement de la République fondée sur le respect du droit et l'égalité des citoyens devant la loi. L'apogée du système, peu après le milieu du XXe siècle, avait coïncidé avec une période de sécurité sans égale, mais la République ne tarda pas à glisser sur une pente dangereuse. Les transporteurs barrèrent les routes pour exiger une baisse du prix du carburant, les agriculteurs saccagèrent les préfectures pour obtenir une hausse des subventions, les ouvriers menacèrent de faire sauter leurs usines ou d'empoisonner les rivières pour préserver leur emploi, les Corses manièrent le pain de plastic et le fusil à pompe pour ne pas appliquer les lois… « Pour son malheur la France avait alors des gouvernements faibles, expliqua Isidore Malet ; cédant à la moindre pression, ils encouragèrent l'usage de la violence, la voie de fait devint un mode habituel de revendication et la force se substitua au droit. » Il s'était ensuivi une telle insécurité que les villes, les unes après les autres, avaient dû faire appel à des hommes de main siciliens, russes ou ukrainiens pour protéger la vie et les biens de leurs habitants, en échange d'un serment et du versement de redevances féodales. C'est ainsi que des mafias de toutes sortes s'étaient emparées du pays pour s'y tailler des fiefs. « Comme jadis les rois fainéants, le président de la République n'exerce plus qu'un pouvoir d'apparence », conclut Isidore Malet, qui, dans l'un de ses livres, avait baptisé cette période « la Basse-République », par analogie avec le Bas-Empire romain.

« Vraiment, Isidore Malet est un grand professeur, pensa Omar, mais la France est un pays dangereux : je préfère retourner à In-Salah pour y cultiver ma palmeraie. »

★

Telle était bien la sage intention d'Omar ben Alala, mais c'était compter sans l'amour. Il se présenta sous les traits de la charmante Pétronille, native de Bourg-la-Reine, et étudiante en première année d'histoire.

Le jeune homme s'épancha auprès de son fidèle Ali Babar : « Les yeux de ma bien-aimée sont des colombes, ses dents un troupeau de brebis, ses lèvres un fil d'écarlate, ses joues des moitiés de grenade et ses seins deux faons jumeaux d'une gazelle. Je ne peux pas imaginer de vivre loin d'elle. J'en mourrais. Hélas, à la fin de l'année universitaire, mon père va me rappeler à In-Salah. Il me coupera les vivres si je ne lui obéis pas. Aide-moi, cher Ali Babar, à trouver le moyen de subsister à Paris, mais d'y subsister richement, car je veux offrir à Pétronille des bijoux, des parfums, des vêtements de marque – enfin une existence de princesse.

— Dans un pays féodal comme la France, répondit Ali Babar, il n'y a qu'un seul moyen de vivre richement : pouvoir faire trembler les autres. Mais les principaux moyens de pression sont déjà en mains : Blondel III peut empêcher les métros de circuler, Thibault V couper l'électricité et Boris Fedor Ostrogovitch bloquer le périphérique… Il te sera difficile, seigneur, d'acquérir une position comparable. Tu ne disposes pas à Paris d'hommes d'armes pour éliminer un de ces potentats et prendre sa place. Il te faut donc faire appel à l'imagination.

— Donne-moi une idée, je t'en prie, ô cher Ali Babar, supplia Omar.

— Rejoins Pétronille, réjouis-la et prie Allah qu'il m'inspire », répondit le malicieux serviteur avant de s'enfermer dans un long silence. Après deux jours et une nuit d'intense réflexion, Ali Babar revint vers son maître. Tous deux étaient épuisés, mais le serviteur avait une idée : « Il te faut pouvoir rançonner les rançonneurs, seigneur ; pour cela, je vois un moyen… Chacun d'entre eux tient son pouvoir de la crainte qu'il inspire, or celle-ci se mesure au nombre d'Unités de Bruit Médiatique que produisent ses coups de force : autoroutes barrées, villes assiégées, Métro en grève... Il te suffirait de pouvoir paralyser Médiaflux, la société chargée de calculer les UBM, pour que tous ces orgueilleux féodaux, soudain incapables de mesurer leur pouvoir, viennent manger dans ta main. »

Quelques jours après, Omar et Ali Babar se firent embaucher comme commis à Médiaflux. Une section syndicale y fut bientôt créée, et cinq mois plus tard une grève y empêcha le décompte quotidien des UBM, semant la consternation parmi les abonnés. Guyau IV venait de faire saccager la préfecture de Tulle par ses féaux Exploitants, qui avaient pris soin de jeter tous les dossiers administratifs dans la rue pour en faire des feux de joie ; mais impossible de savoir combien d'UBM en résultaient. Un travail aussi consciencieux effectué en vain ! Le marquis de la Muette fit empaler trois voleurs dans les jardins du Ranelagh sans pouvoir connaître l'effet produit sur l'opinion : rien de plus décourageant ! Le sachem des Transporteurs coupa la circulation sur l'A 6 pendant dix jours sans même réussir à déclencher une négociation : « Combien d'UBM avez-vous obtenues ? » s'obstinait à lui demander le ministre des Transports. « Nous avons cinquante kilomètres de bouchon et dix heures d'attente à Mâcon », répétait en vain le malheureux sachem, presque suppliant. « Tout cela n'est guère concret, répliquait le ministre, je me refuse à en parler au Président tant que j'ignore votre nombre d'UBM. »

Blondel III, qui songeait à lancer un préavis de grève pour obtenir la retraite à quarante ans, tenta de téléphoner à Omar pour lui suggérer d'assurer un service minimum ; mais il n'obtint qu'Ali Babar. Le rusé serviteur sut lui faire comprendre que son maître attendait des arguments « sonnants » pour cesser son action. Le duc de la Pac, le sachem des Transporteurs, le marquis de la Muette et le cacique des Aiguilleurs du Ciel, confrontés au même problème, reçurent la même réponse. Seul le président de la République parvint enfin à joindre Omar : « J'ai pensé à vous, cher ami, pour la charge de Grand Maître de la Libre Information… Si, si, vous la méritez pleinement. La République a besoin d'hommes tels que vous… Accepteriez-vous de venir déjeuner un jour à l'Élysée avec le duc de la Pac, le comte des Conducteurs et quelques autres Français remarquables ? Ils vous tiennent en haute estime et ont, je crois, quelques propositions à vous faire… Votre jour sera le mien. »

Et ce fut ainsi que, grâce à l'astuce d'Ali Babar, Omar ben Alala put à son tour lever tribut et vécut heureux auprès de la jolie Pétronille sans plus jamais songer à cultiver sa palmeraie.

LES FOUILLES DE GUÉRET

Pékin, l'an 6421 de l'ère du Temps

Durant ses dix années d'études à l'Université des Vestiges et Belles Lettres Chen-Li avait eu constamment comme modèle le vénérable professeur Tao-Tsin, père de la francologie. Si ce jeune homme avait décidé d'entreprendre d'aussi longues études pour embrasser la carrière d'archéologue, c'était bien parce que Tao-Tsin avait montré trente ans auparavant que ce métier, autrefois jugé poussiéreux, conduisait à de fabuleuses aventures.

En découvrant Guéret, ville qui nous fait aujourd'hui rêver, le vénérable Tao-Tsin avait soudain révélé au monde qu'un petit cap couvert de forêts, perdu à l'extrémité ouest du continent asiatique, fut le siège, il y a quatre ou cinq mille ans, d'une civilisation extrêmement brillante. Au fur et à mesure que les trésors de Guéret émergeaient du sol de l'impénétrable forêt ouest-asiatique, la Chine se passionna pour les habitants de cette ancienne métropole, appelés indifférement « Français » ou « Creusois ». Les élégantes portèrent des chignons « à la guérétoise », les kimonos devinrent tricolores, les bols s'ornèrent de motifs « creusois » et les restaurants servirent des pommes de terre.

Aussi, devenu docteur, l'honorable Chen-Li éprouva-t-il une immense joie lorsqu'il fut choisi parmi cinquante jeunes diplômés en archéologie pour travailler aux côtés du vénérable Tao-Tsin. Il se souvient aujourd'hui encore avec émotion de son premier entretien avec le maître. Dans l'immense bureau du Premier Archéologue du Musée de Francologie, les deux hommes étaient assis sur des nattes, de part et d'autre d'une table basse, et buvaient du thé. Pour répondre à la curiosité de son disciple le vieux professeur raconta comment il avait été conduit à cette découverte qui l'avait rendu célèbre :

« Il y a cinquante ans, raconta le vénérable Tao-Tsin, l'existence de la France était considérée comme une légende. Selon tous les historiens, la civilisation était née sur les deux rives de l'océan Pacifique et jamais aucun peuple n'avait franchi la barrière de l'Oural. On avait cependant trouvé des traces d'établissements humains sur la rive orientale de la Méditerranée et il n'était donc pas exclu que des navigateurs aient pu explorer celle-ci. Pourtant un texte très ancien retrouvé dans les fouilles de Takou évoquait l'existence d'un pays nommé la

France, qui aurait existé à l'extrémité occidentale de notre continent, il y a des milliers d'années, avant même le grand hiver nucléaire et la seconde guerre bactériologique. Ce texte avait pour auteur un mandarin, qui vivait vers la fin de la dernière dynastie mandchoue et s'appelait Wou-Ta-Peï. Il raconte l'invasion de la Chine par des étrangers à la peau blanche, qu'il appelle les “ Européens ”. Ils venaient de l'autre bout du monde par la mer et possédaient une impressionnante puissance militaire : des bateaux d'acier, une puissante artillerie, des soldats bien entraînés... Wou-Ta-Peï était fasciné par certains de ces Européens qu'il appelait les Français. Il se lia d'amitié avec l'un d'entre eux, le capitaine Leroux. Celui-ci lui dépeignit les merveilles de son lointain pays : des édifices de pierre d'une taille prodigieuse, des maisons éclairées par des ampoules de verre qui s'allumaient ou s'éteignaient à volonté, des voitures avançant toutes seules sans être tirées par des animaux, certaines d'entre elles roulaient sur de longues barres de fer parallèles qui leur permettaient d'atteindre de très grandes vitesses... Ainsi, à en croire le manuscrit de Wou-Ta-Peï, les Français connaissaient l'électricité, les chemins de fer, la machine à vapeur... Ils auraient donc atteint dès cette époque lointaine un niveau technique comparable au nôtre et peut-être même supérieur. Le capitaine prêta également à Wou-Ta-Peï des livres, qui lui permirent d'apprendre à lire et à écrire le français. Lorsqu'il repartit vers son pays, il persuada le mandarin de l'accompagner pour visiter la France et enseigner le chinois aux Français. Là s'arrête, hélas, le récit de Wou-Ta-Peï. Nous ne savons donc pas si cet audacieux explorateur atteignit la France, ni s'il en revint. Aussi, faute de posséder le récit de son voyage, la plupart des historiens, des lettrés et des archéologues considéraient-ils qu'il s'agissait d'une œuvre de fiction, importante sur le plan de la littérature et de la poésie, mais nullement d'un témoignage. Ils voyaient dans la France un pays de légende né de la fertile imagination de Wou-Ta-Peï.

« Le récit de Wou-Ta-Peï m'avait toujours fasciné, poursuivit le professeur. Je ne pouvais pas croire qu'un texte aussi admirable ait pu être inventé. J'étais persuadé qu'il reposait sur un fond de vérité. En effet, Wou-Ta-Peï, qui vivait à Takou vers 1800 ou 1900 – il est difficile de dater le manuscrit avec certitude –, ne pouvait pas connaître l'électricité, l'automobile, les chemins de fer, la machine à vapeur... Il lui était donc impossible d'imaginer lui-même, et avec autant de précision, toutes les techniques qu'il décrit, alors qu'elles ne furent découvertes en Chine que plusieurs milliers d'années plus tard. Je réussis à faire partager ma conviction par le Grand Conseil de l'Archéologie qui m'accorda l'argent nécessaire pour entreprendre des fouilles dans cette région inhabitée, recouverte de forêts, à la pointe occidentale de notre continent, où je pressentais que devait se situer – s'il avait existé – ce pays fabuleux, ce pays mythique, qui n'était peut-être qu'une légende : la France.

« Je passe sur toutes les péripéties de mon premier voyage. Vous pouvez imaginer les difficultés d'une expédition aussi importante à l'autre bout du monde. Nous étions trois cents et emmenions des tonnes de matériel. Je ne veux pas vous ennuyer avec ces problèmes d'intendance : là n'est pas le plus intéressant et je pense que vous avez hâte de savoir comment je découvris le site de Bourganeuf.

« Le hasard m'aida, il faut l'avouer. Mais un hasard sollicité. En étudiant la carte de cette région qui avait peut-être été la France, je me dis que la capitale de cet empire devait probablement être située en son centre. Ce fut donc là que j'établis mes premiers chantiers de fouilles, au nombre de quatre. Au bout de huit mois de travail nous n'avions toujours rien trouvé et le découragement s'emparait de nos esprits. Or un matin – le 14e jour du 7e mois 6381 – les ouvriers du chantier n° 3 mirent au jour un puissant mur de pierre. Nous poursuivîmes la fouille avec fébrilité et vîmes peu à peu émerger du sol les vestiges d'un vaste bâtiment flanqué d'une tour ronde. Deux mois après, à quelque distance de là, nous fîmes une découverte qui allait se révéler déterminante, mais nous ne le savions pas encore. Nous dégageâmes une large chaussée et au bord de celle-ci une sorte de borne ou plutôt d'écriteau, un peu moins haut qu'un homme et fabriqué dans un matériau que nous ne connaissions pas. Il portait cette inscription, dont les caractères étaient encore bien visibles, mais que nous étions incapables de comprendre :

N 141
GUÉRET 33
PONTARION 10

Je copiai avec un soin méticuleux cette inscription mystérieuse, bien décidé à en percer le secret.

« Un an plus tard, la chance nous sourit à nouveau quand le chantier n° 2 mit au jour plusieurs murs. Et peu à peu, sous nos yeux émerveillés, émergèrent au creux d'une vallée les ruines de deux rues bordées de maisons de pierre, qui devaient être de riches demeures à en juger par l'assise de leurs murs. Nous avions découvert – vous l'avez deviné – Aubusson, qui était de toute évidence une ville nettement plus importante que Bourganeuf et n'allait pas tarder à nous livrer des merveilles. Mais, parmi toutes les découvertes que nous fîmes, celle qui m'intrigua le plus fut un autre écriteau, très similaire à celui découvert à Bourganeuf et placé, lui aussi, auprès d'une chaussée. Il portait une inscription encore bien conservée :

D 942
GUÉRET 42
AHUN 22

La parenté avec l'inscription de Bourganeuf ne manqua pas de nous frapper, mais pendant un moment encore ces caractères conservèrent leur mystère.

« Notre retour en Chine fut triomphal. Alors qu'à notre départ, cinq ans auparavant, la plupart des historiens et des archéologues pensaient que la France n'était qu'une légende, nous ramenions la preuve que cet empire avait bel et bien existé, dans des temps très lointains, à l'autre extrémité du continent asiatique. Cette découverte suscita un intérêt incroyable, non seulement parmi les lettrés, mais aussi dans le peuple, car toute notre vision du monde s'en trouvait bouleversée. Ainsi, il aurait pu y avoir à des millénaires de notre ère une autre civilisation que la civilisation chinoise !

« Nous ramenions de notre expédition des milliers de croquis, qui allaient nourrir pendant des années les études des archéologues et des historiens. Les difficultés du transport ne nous avaient pas permis, bien sûr, d'emporter toutes nos découvertes, mais j'avais tenu néanmoins à rapporter les deux mystérieux écriteaux. Comprendre le sens de ces inscriptions était devenu pour moi une obsession.

« Je remarquai que les caractères situés à la droite des panneaux ressemblaient fort aux chiffres qu'employaient dans des temps très reculés les populations de la rive orientale de la Méditerranée et que nous avons nommés, du nom d'une de leurs tribus, des chiffres arabes. En revanche les signes de la partie gauche restaient incompréhensibles ; il était frappant cependant de voir le même mot – *GUÉRET* – se répéter sur les deux panneaux trouvés à soixante-dix-huit lis l'un de l'autre. J'eus alors une intuition : ces panneaux placés au bord des routes n'indiqueraient-ils pas les distances qui les séparaient des villes auxquelles menaient ces routes ? Si l'hypothèse était bonne, il n'était pas douteux que Guéret était une ville de grande importance puisqu'elle était mentionnée partout et que les routes semblaient converger vers elle. Ce fut ainsi que j'ai commencé à entrevoir la logique de ces panneaux que les Français avaient coutume de placer au bord de leurs admirables routes pour indiquer les directions et les distances, panneaux auxquels on a bien voulu depuis donner mon nom : les “ panneaux taotsiniens ”. On les désigne aussi parfois sous le nom, plus vulgaire, de panneaux indicateurs.

« Dès lors, il nous devenait possible de localiser Guéret avec précision puisque nous connaissions sa distance depuis deux points distincts. Encore fallait-il savoir dans quelle unité étaient exprimées ces distances. Là encore, la chance me servit : une de nos équipes restée à Aubusson découvrit dans une autre partie de la ville un panneau indiquant la direction de Bourganeuf et sa distance depuis Aubusson : 39. Ayant mesuré nous-mêmes cette distance, je pouvais établir la relation entre notre unité de longueur et celle utilisée par les Français, à laquelle je donnai mon nom : deux lis égalent un

“ tao-tsin ”. À partir de là deux coups de compas sur une carte permettaient d’établir avec certitude la position de Guéret, cette ville qui avait de fortes chances d’être la capitale de l’Empire français. Vous devinez mon enthousiasme !

« Je n’eus aucun mal à convaincre le Grand Conseil de l’Archéologie de m’accorder l’argent nécessaire pour monter une seconde expédition et ce fut ainsi que je pris à nouveau le chemin de la France, bien décidé à arracher à son sol les clés qui me permettraient d’accéder à la connaissance de sa civilisation.

« Quatre cents personnes se mirent à fouiller l’endroit que mes calculs avaient permis d’identifier comme étant le site de Guéret. Pendant que les pioches creusaient la terre un doute s’empara de mon esprit : “ Et si je m’étais trompé ? ” Je me gardai de le manifester et activai le travail des terrassiers. Heureusement mon inquiétude fut vite dissipée : dans le courant de l’été 6391 nous mîmes au jour une chaussée dont la largeur nous étonna. Quatre voitures devaient pouvoir aisément y circuler de front ! Les travaux de dégagement nous révélèrent peu à peu des routes énormes, de gigantesques places circulaires et surtout plusieurs ouvrages colossaux qui permettaient à certaines de ces routes de s’entrecroiser. Nous savons maintenant que les Français étaient de grands constructeurs de routes et qu’elles couvraient leur pays comme les mailles d’un filet, permettant, quelle que soit la destination choisie, de s'y rendre avec une grande commodité. Mais, à l'époque de notre découverte, l'ampleur de ces routes nous impressionna. Seule la capitale d'un empire pouvait justifier des ouvrages d'une telle importance. Selon toute vraisemblance nous étions bien en train de fouiller le sol de Guéret !

« Les deux années qui suivirent confirmèrent mon intuition. Vous imaginez mon exaltation en voyant surgir de terre les ruines d'une cité prodigieuse avec ses rues, ses places, ses maisons et tous ses riches bâtiments aujourd'hui bien connus de tous les étudiants en archéologie : la " Cité administrative ", la " Préfecture ", le " Garage Citroën ", l' " Hôtel de Ville " et le " Grand Temple ". Plusieurs d'entre eux, parmi les plus beaux, étaient situés autour d'une immense place dont nous pûmes connaître le nom grâce à des plaques de métal placées sur des maisons d'angle : il s'agissait de la place Bonnyaud, du nom probablement d'un empereur ou d'une divinité. Nous étions admiratifs devant la puissance de ces bâtiments, tous construits en pierre, qui manifestaient ainsi, plusieurs millénaires après leur construction, la richesse et les raffinements de l'antique civilisation française.

« Mais notre découverte la plus importante fut sans conteste celle de la " Bibliothèque municipale ". Dans toute l'histoire de la civilisation occidentale, que nous connaissons aujourd'hui assez bien, deux bibliothèques avaient une réputation mondiale : celle d'Alexandrie, sur la rive sud-est de la Méditerranée, et celle de Guéret. La première fut, hélas, entièrement détruite par un incendie, mais la seconde nous livra ses trésors ou plutôt une partie de ses trésors. Une feuille de registre nous permet de savoir que la bibliothèque compta jusqu'à vingt mille volumes, mais un séjour de plusieurs milliers d'années dans un sol humide n'a épargné que cinquante-quatre livres, qui seuls étaient suffisamment bien conservés lors de leur découverte pour être lisibles. Pour une raison que j'ignore, ils avaient été placés dans une caisse métallique étanche, qui les avait protégés. Trente-trois d'entre eux appartenaient au rayon des dictionnaires. La plupart étaient consacrés à la traduction des mots français dans d'autres langues européennes, d'ailleurs fort nombreuses, ce qui semble révéler l'existence de multiples peuples dans un espace resserré : anglais, allemand, italien, serbe, espagnol, russe, hollandais, etc. L'un de ces ouvrages nous intéressa particulièrement puisqu'il allait nous livrer la clé dont nous avions besoin pour comprendre tous ces textes que nous avions maintenant entre les mains : il s'agissait d'un dictionnaire franco-chinois. Sa découverte nous prouvait également que le récit de Wou-Ta-Peï n'était pas une œuvre d'imagination, mais qu'il y avait bien eu des contacts à la fin de la dynastie mandchoue, quelque quatre mille ans avant notre ère, entre la France et l'antique Chine.

« Les vingt et un autres volumes appartenaient au rayon d'histoire et étaient tous consacrés au " département " central de l'Empire français : la Creuse. Pas un seul volume n'était consacré à un autre département, ce qui démontre bien la prééminence de la Creuse. Je m'interrogeais d'ailleurs pour savoir s'il fallait parler de " civilisation française " ou bien plutôt de " civilisation creusoise ", mais l'usage aidant le premier terme reste le plus usité.

« Parmi ces volumes l'un d'entre eux allait se révéler particulièrement précieux. Il s'agissait d'une liste des plus nobles personnages du département, datée de 1975 et appelée " Annuaire des Abonnés du Téléphone ". Comme vous le savez, les " abonnés du téléphone " constituaient dans la société française une sorte de caste aristocratique comparable aux samouraïs dans l'ancien Japon. Ils se reconnaissaient à l'aide d'un code secret, composé en chiffres arabes et connu des seuls initiés. Ils obéissaient à des règles d'honneur et versaient régulièrement un tribut au grand maître de l'ordre : " le ministre des P et T ". En cas de faute, ils pouvaient être sanctionnés par la " coupure du téléphone ", considérée comme une peine particulièrement infamante. La mort lui était préférable.

« Cette liste était établie par ville et par village. Considérant comme vraisemblable la proportion d'un noble pour cent habitants – ce qui restait une hypothèse prudente – il me fut possible de calculer la population de toutes les villes et de tous les villages de la Creuse. Je pus ainsi établir de manière irréfutable que la Creuse était une sorte de galaxie urbaine juxtaposant plusieurs villes de grande importance et de nombreux bourgs très peuplés : Guéret n'avait pas moins d'un million et demi d'habitants, Aubusson cinq cent mille, Bourganeuf cent cinquante mille... Pour vous permettre d'imaginer ce qu'était la Creuse du XIXe ou du XXe siècle, il faut la comparer, par exemple, à la côte Est du Japon d'aujourd'hui. Une telle densité urbaine démontrait, s'il en était encore besoin, que Guéret était la capitale d'un puissant empire, dont la Creuse était le cœur.

« Les précieuses indications que contenaient "l'Annuaire des Abonnés du Téléphone" et les autres ouvrages de la bibliothèque de Guéret me permirent, au cours de mon troisième voyage en France, d'orienter à coup sûr nos chantiers de fouilles. Nous poursuivîmes ainsi le dégagement de la partie est de la place Bonnyaud, où nous découvrîmes les ruines de l'hôtel de la Poste, où siégeait le grand maître de l'ordre des P et T. Je lançai également plusieurs nouveaux chantiers à l'extérieur de Guéret. Ce fut ainsi que nous mîmes successivement au jour les sites de Pontarion, Ahun et la Souterraine. Les fouilles effectuées en ce dernier lieu confirmaient ce que je pressentais : l'existence d'une ville de première importance, comparable à Aubusson, ainsi que l'attestaient les ruines d'un temple de grandes dimensions. En outre, les restes de plusieurs panneaux taotsiniens permirent de localiser l'emplacement de la villa d'un riche négociant, nommé Intermarché, construite un peu à l'écart de la ville. Hélas, je n'eus pas le temps d'exploiter comme il aurait fallu cette dernière découverte, aussi la villa du seigneur Intermarché garde-t-elle provisoirement son secret. »

Ainsi parla le professeur Tao-Tsin, avant de se plonger dans une profonde réflexion intérieure que son disciple se garda de troubler. Puis, après un quart d'heure de méditation silencieuse, le professeur reprit la parole : « Je suis maintenant trop vieux pour entreprendre un quatrième voyage. C'est vous, mon cher Chen-Li, qui aurez la chance de révéler au monde les richesses de la "villa Intermarché". Il vous faut un moment encore étudier ici à mes côtés. Je vous transmettrai tout mon savoir sur la France et ma chère Creuse. Puis, à votre tour, vous aurez la joie de la découvrir et d'aller arracher à ses forêts et à son sol les traces de son antique et somptueuse civilisation. »

★

Trois années passèrent durant lesquelles Chen-Li se plongea dans l'étude de la civilisation creusoise. Au cœur du Musée de Francologie se trouve une salle de lecture à laquelle n'accèdent qu'un très petit nombre d'initiés : les cinquante-quatre volumes de la Bibliothèque municipale de Guéret y sont conservés avec des précautions infinies. Ayant appris tous les rudiments de la langue française, le jeune docteur en archéologie était capable de les lire sans difficulté. Il se plongea dans cette lecture avec avidité. Il aimait aussi parcourir les salles du musée où sont exposés les plus intéressants des objets que les fouilles de la Creuse ont permis de livrer à la curiosité des archéologues : panneaux taotsiniens, baignoires et cuvettes de toutes sortes, élégants bureaux métalliques et même la carcasse rouillée, mais combien émouvante, d'une voiture automobile.

Cependant, pour Chen-Li, les instants les plus passionnants étaient toujours ceux qu'il passait avec le professeur Tao-Tsin. Le vieil archéologue savait, comme nul autre, faire parler les objets. Un lampadaire l'amenait à dépeindre avec lyrisme le magnifique éclairage nocturne de cette capitale sans pareille, où l'on pouvait circuler la nuit comme s'il faisait jour et qu'il qualifiait de « ville lumière ». Une simple bouteille lui permettait d'évoquer devant un cercle de disciples passionnés les mœurs aimables des Français, qui aimaient boire du « vin »[1] et il apprenait à ses élèves à

1. Boisson alcoolisée obtenue à partir de la fermentation du jus de raisin.

distinguer selon la forme du flacon la région de production. Une cuvette en faïence le conduisait à évoquer l'extrême propreté des Français, qui passaient tous les jours de longues heures dans leur salle d'ablutions.

Ainsi Chen-Li se préparait-il à entreprendre à son tour le voyage en France, où il serait chargé de conduire une nouvelle campagne de fouilles, en obéissant aux directives extrêmement précises que lui donnait son maître. Il lui semblait déjà connaître les ruines de Guéret, de Bourganeuf et d'Aubusson comme s'il avait fouillé lui-même la terre qui recouvrait ces antiques cités.

Mais, durant les longues heures qu'il passa à lire et à relire les cinquante-quatre ouvrages de la Bibliothèque municipale de Guéret, le jeune docteur fut frappé d'y voir mentionnée à de nombreuses reprises une ville qui n'était pas située en Creuse et qui avait pour nom Paris. Elle était présentée comme une cité puissante, d'une importance comparable à Guéret, voire comme une rivale. Ses habitants, les « Parisiens », y étaient même cités parfois avec une certaine hostilité. Notamment, dans un passage qui fit sourire Chen-Li, l'auteur se plaisait à décrire avec verve les habitudes des Parisiens, qu'il présentait comme des êtres orgueilleux et stupides, dépourvus de tout bon sens. Il y était question d'une loi que les Parisiens avaient voulu imposer aux Creusois pour réglementer le diamètre et la composition de leurs gâteaux aux noisettes, mais les Guérétois n'en avaient tenu aucun compte.

Chen-Li eut même la chance de pouvoir examiner un lambeau de carte trouvé dans la carcasse de la voiture exposée au musée. Elle avait été dressée par un érudit du nom de Michelin et représentait une partie du nord de la France. La position de Paris y était indiquée et l'archéologue perspicace remarqua que, selon les indications de la carte, le site devait être aisément repérable, grâce à deux petites îles situées à exactement huit lis du confluent de deux fleuves, dont il put déchiffrer les noms : la Seine et la Marne. En aval de ces îles, le fleuve formait une série de boucles qui le rendait très caractéristique. Il pourrait être intéressant d'ouvrir à cet endroit un chantier de fouilles, car une cité qui osait se poser en rivale de Guéret ne pouvait manquer d'être une ville de grande importance.

Chen-Li fit part de sa découverte et de ses réflexions au vénérable Tao-Tsin. Il en fallait plus pour surprendre l'éminent professeur. Selon ce dernier, Paris était vraisemblablement le chef-lieu d'un département important : « Je n'exclus pas, précisa-t-il, qu'à certaines périodes de l'histoire de France, son importance ait pu s'approcher de celle de Guéret. » Il apprit même à son disciple que Paris avait également porté le nom de Lutèce. Bien sûr, il serait intéressant d'effectuer des fouilles sur un tel site, mais cela présenterait des difficultés considérables, à commencer par sept cents lis de forêts à traverser depuis la Creuse. Or les crédits que venait d'accorder le Grand Conseil de l'Archéologie pour une quatrième campagne de fouilles en France ne permettaient pas de tout faire : il fallait donc concentrer les équipes de terrassiers sur les sites prioritaires de Guéret et la Souterraine.

Chen-Li s'inclina avec respect et retourna lire pour la dixième fois le « Guide topographique de la Creuse » de 1902.

*

Un an après cette discussion, Chen-Li, à la tête d'une caravane de trente archéologues et de cinq cents terrassiers, déboucha de la forêt, face aux ruines de Guéret. Saisi par l'émotion, le docteur s'arrêta et contempla longuement ce site dont il rêvait depuis près de quinze ans. Le soleil déclinant éclairait d'une lumière dorée les vestiges de l'antique capitale française. Laissant ses adjoints donner les instructions pour monter le camp, il s'avança seul dans les ruines, dont il connaissait le plan par cœur. Il gagna ainsi la place Bonnyaud et, assis sur un bloc de pierre, face à ce qui avait été autrefois l'orgueilleux Hôtel de Ville, il médita longuement sur le déclin des civilisations... Lorsqu'il s'arracha à sa rêverie, la nuit était tombée depuis longtemps et ce fut à la lumière de la lune qu'il alla retrouver ses compagnons.

Dans les mois qui suivirent, les chantiers de fouilles permirent de dégager les ruines du Théâtre et, aux alentours du Grand Temple, de découvrir des rues étroites, bordées de boutiques dont certaines purent être identifiées : une boulangerie avec son four à pain, une boucherie, reconnaissable à ses crochets de fer où l'on suspendait les quartiers de viande, et un « café ». Dans ce dernier, les archéologues eurent la joie de trouver de nombreux objets : tasses, assiettes, bouteilles, fourchettes [1] et surtout un délicat pot en céramique orné du nom du propriétaire, un certain Ricard.

En revanche, à la Souterraine, le chantier de la villa Intermarché ne tenait pas ses promesses : six mois de travail et des tonnes de terre enlevées n'avaient permis de mettre au jour que quelques outils de jardinage et une vingtaine de figurines représentant de petits personnages barbus, coiffés d'un bonnet rouge, à l'allure grotesque – vraisemblablement la représentation naïve de quelques divinités rustiques. Chen-Li imaginait la déception du vénérable Tao-Tsin si l'on ne trouvait rien d'autre, car le vieux professeur attachait une grande importance à cette découverte. Aussi, le docteur passait-il ses journées sur le chantier à stimuler ses collaborateurs et ses ouvriers. Mais les mois continuaient à s'écouler sans apporter

1. Les Français ignoraient l'usage des baguettes.

d'autres trouvailles que des bouteilles. Chen-Li en venait à se décourager : visiblement il perdait son temps sur ce site.

Ce fut alors qu'il songea à nouveau à Paris. L'expédition en France ne devait durer que trois ans. La première année était déjà presque entièrement écoulée. Pouvait-on se permettre d'immobiliser autant de moyens sur un site où l'on ne trouvait rien ? À ce raisonnement s'ajoutait une pensée que Chen-Li avait d'abord écartée, mais qui s'était peu à peu installée dans son esprit, comme une petite musique agréable à laquelle il prêtait de plus en plus fréquemment l'oreille. Chen-Li pensait à la communication qu'il pourrait présenter à son retour devant le Grand Conseil de l'Archéologie s'il découvrait les ruines de Paris. Toutes les découvertes qu'il pouvait faire à Guéret ou à la Souterraine ne lui seraient pas attribuées, car ces deux villes creusoises étaient désormais indissociablement liées au nom de leur découvreur, l'illustre Tao-Tsin. Alors que, si Chen-Li découvrait Paris, son nom serait immédiatement associé à cette découverte nouvelle, elle lui appartiendrait, elle lui permettrait de bâtir sa propre renommée, d'occuper à son tour une place dans l'histoire encore brève de la francologie.

Bien sûr, Chen-Li imaginait aussi la colère de Tao-Tsin en cas d'échec, car le professeur lui avait recommandé de ne pas disperser ses moyens et avait écarté l'idée d'engager des fouilles sur le site présumé de Paris. Mais, chaque soir, Chen-Li se penchait sur ses cartes, l'œil fixé sur ces deux petites îles si caractéristiques, à proximité du confluent de deux fleuves. Il se sentait sûr de lui et, au dixième mois de la campagne de fouilles, il prit sa décision : après avoir confié à son adjoint, le docteur Tchou-Ping, la direction du chantier de la Souterraine, il se mit en marche vers le nord à la tête de cent cinquante ouvriers. Huit autres archéologues l'accompagnaient. Il avait choisi les meilleurs.

Le voyage fut long, car la progression de la caravane était difficile au milieu des forêts de hêtres et de chênes. Il fallut traverser plusieurs rivières en construisant des ponts de bois, puis les archéologues se trouvèrent devant un fleuve trop large pour y jeter un pont. Il fallut construire des radeaux sur lesquels on plaça les hommes et les voitures. Enfin, au bout de trois semaines, Chen-Li atteignit les rives de la Seine. Il n'eut aucune peine à trouver l'endroit qu'il cherchait : une journée de navigation en barque lui suffit pour repérer les deux petites îles et le confluent. Il décida d'ouvrir le chantier de fouilles sur la plus grande des deux îles.

Cette fois la chance était avec lui. Dès le second mois de fouilles la pioche d'un ouvrier heurta une pierre. Aussitôt prévenu, Chen-Li surveilla personnellement le dégagement d'un gros bloc de pierre portant sept personnages délicatement sculptés : la figure centrale était celle d'une femme pleine de majesté, assise sur les tours d'une ville qui lui servaient de trône et portant un enfant sur ses genoux ; de part et d'autre de cette femme cinq hommes semblaient l'adorer : deux d'entre eux avaient curieusement des ailes dans le dos, tandis que deux autres portaient l'un une couronne, signe de dignité impériale, l'autre un chapeau pointu, signe de la prêtrise ; le dernier personnage était assis et écrivait. Poursuivant la fouille avec de grandes précautions, les archéologues mirent au jour d'autres blocs de pierre qui soutenaient les précédents. Tous étaient ornés de nombreuses sculptures représentant des personnages les plus divers ; ils en comptèrent une centaine. Le tout formait un vaste portail. Des colonnes brisées et d'autres sculptures de pierre étaient répandues aux alentours du portail, mais ne faisaient pas partie de celui-ci : Chen-Li en déduisit qu'elles provenaient des niveaux supérieurs du bâtiment, qui avaient dû s'effondrer. Très ému par la richesse de ces découvertes, Chen-Li effectua lui-même de nombreux croquis et fut frappé des ressemblances avec certaines sculptures du Grand Temple de Guéret : la femme qui occupait l'emplacement central était de toute évidence la « déesse mère », dont le professeur Tao-Tsin avait trouvé de nombreuses représentations dans les temples creusois. Ce portail était donc, sans aucun doute possible, l'entrée d'un temple important.

L'heureux Chen-Li n'était pas au bout de ses surprises. Il avait ordonné de prolonger vers le nord le chantier de fouilles. Et ce fut ainsi qu'au fil des mois un second portail, légèrement plus grand que le précédent et orné de manière tout aussi magnifique, surgit du sol. Puis, alors que commençait la troisième année de fouilles, un troisième portail apparut à son tour. Cette façade, où s'ouvraient trois portes monumentales et qui mesurait au total cent vingt ch'ihs, révélait donc un édifice de dimensions gigantesques, sans commune mesure avec le Grand Temple de Guéret. Chen-Li restait stupéfait par l'importance de cette découverte.

Mais la campagne de fouilles touchait à sa fin : il était temps de regagner la Creuse, puis de rejoindre la côte où attendaient les bateaux qui devaient ramener les archéologues en Chine. Chen-Li laissa les portails en place, car son intention était de revenir le plus tôt possible à Paris pour exhumer dans sa totalité ce temple extraordinaire et il ne voulait pas le dépouiller de ses plus beaux ornements. En revanche, il fit charger dans des voitures toutes les colonnes dépareillées, les statues dispersées et les gouttières ornées de figures de monstres, qui témoigneraient en Chine de l'importance de sa découverte. C'est donc lourdement chargé que le convoi prit le chemin du sud.

En arrivant à la Souterraine, Chen-Li eut une

mauvaise surprise : Tchou-Ping l'accueillit avec un large sourire. C'est peu dire qu'il souriait : il rayonnait. Depuis le départ de Chen-Li les fouilles avaient permis de réaliser toute une série de découvertes du plus haut intérêt. Une grande partie de la villa du seigneur Intermarché avait été mise au jour : près de quatre-vingt-dix mille ch'ihs carrés de bâtiments dont les poutres étaient en métal. Ainsi, les Français utilisaient, non seulement la pierre dans leurs constructions, mais aussi le métal, qui leur permettait d'obtenir de grandes portées entre deux piliers. Il y avait là une découverte étonnante, qui justifiait pleinement une communication devant le Grand Conseil de l'Archéologie. Qui plus est, on avait trouvé à quelques pas du bâtiment principal cinquante-trois berceaux en treillis métallique montés sur des roulettes, tous identiques et soigneusement rangés les uns contre les autres grâce à un ingénieux système d'emboîtement. Ce nombre important de berceaux ne pouvait s'expliquer que par l'abondante progéniture de ce riche marchand et il apportait donc la preuve que celui-ci vivait entouré de nombreuses concubines. Tchou-Ping se promettait de rapporter plusieurs de ces berceaux métalliques à Pékin. Mais cela n'était pas tout : à quelques centaines de pas du centre de la ville, les terrassiers dirigés par Tchou-Ping avaient mis au jour un véritable « Palais du Chemin de Fer », traversé de plusieurs « voies de fer » composées chacune de longues tiges d'acier parallèles. C'était la première fois qu'on exhumait du sol creusois la preuve tangible de la véracité du récit de Wou-Ta-Peï, lorsqu'il décrivait des « convois de voitures attachées les unes aux autres, tirées par une machine à vapeur et circulant à grande vitesse sur des chemins de fer ». Bref, le butin de cette quatrième expédition était considérable et ouvrait de nouvelles perspectives dans la connaissance de la civilisation française. La moisson était peut-être même un peu trop riche aux yeux de Chen-Li qui, sans trop se l'avouer, craignait que la villa Intermarché et le Palais du Chemin de Fer de la Souterraine n'éclipsassent l'immense temple qu'il avait découvert à Paris.

★

Le retour en Chine des archéologues fut triomphal. Les nouvelles découvertes firent grand bruit et renforcèrent encore l'engouement du public pour tout ce qui touchait à la France. Elles ouvraient de nouveaux champs d'études aux francologues. Le vénérable Tao-Tsin ne cacha pas sa joie en voyant pleinement confirmée son intuition quant à la villa Intermarché. Le Palais du Chemin de Fer le passionna. En revanche, les fouilles du site de Paris n'éveillèrent pas chez lui le même intérêt. Certes la découverte de ce temple était d'importance, mais il émettait quelques doutes sur ses dimensions : ce que Chen-Li avait pris pour la largeur du bâtiment n'était-elle pas tout simplement la longueur d'un édifice dont les portes seraient situées sur le côté ? Vu ainsi, le bâtiment était plus ordinaire. Quant à toutes ces sculptures, elles lui semblaient maladroites et correspondaient à un art primitif n'ayant rien à voir avec « l'élégance française qui avait trouvé sa plus haute expression dans la simplicité des monuments guérétois ».

Six mois après le retour de l'expédition, le Grand Conseil de l'Archéologie fut convoqué pour une session extraordinaire entièrement consacrée à la dernière campagne de fouilles en France. À l'issue de ses travaux, le Grand Conseil, dans un vœu respectueusement adressé à l'empereur, se prononcerait sur l'opportunité de préparer une cinquième expédition archéologique en France. Le débat serait difficile, car la réfection des digues du Fleuve Jaune et la relance de la culture du ver à soie pesaient lourdement sur les finances impériales. Si une cinquième expédition devait avoir lieu, elle serait certainement plus modeste que les précédentes et devrait concentrer ses travaux sur un petit nombre d'objectifs précis. Il serait donc déraisonnable de vouloir poursuivre à la fois les fouilles de Guéret, de la Souterraine et de Paris.

La première journée de la session fut consacrée à la communication du docteur Tchou-Ping sur les fouilles de la villa Intermarché à la Souterraine. L'utilisation par les Français du métal dans la construction intéressait visiblement beaucoup les soixante-dix-sept membres du Grand Conseil. Au cours du thé de l'après-midi ils posèrent de nombreuses questions à Tchou-Ping, qui répondit avec une grande maîtrise de son sujet, mais en laissant clairement entendre que seule la poursuite des fouilles apporterait des réponses certaines aux interrogations des francologues.

La matinée de la seconde journée fut consacrée à la découverte du Palais du Chemin de Fer, toujours présentée par Tchou-Ping. En voyant son adjoint prendre pour la seconde fois la parole devant cette prestigieuse assemblée, Chen-Li se demanda s'il n'avait pas abandonné la proie pour l'ombre en partant à la recherche de Paris au lieu de poursuivre les fouilles dans des sites aussi réputés que Guéret et la Souterraine. L'après-midi fut consacré aux boutiques du quartier du Grand Temple à Guéret.

Le docteur Chen-Li présenta sa communication sur Paris au cours de la troisième journée. Il fut brillant : les explications qu'il prodigua avec clarté, les dessins qu'il présenta, les plans qu'il commenta, les statues qu'il montra éveillèrent un vif intérêt dans le Grand Conseil. Tout dans sa démonstration prouvait qu'il y avait eu à Paris, dans cette île de la Seine, un temple d'une dimension exceptionnelle, tel qu'on n'en avait jamais vu dans toute l'histoire de l'humanité. Sentant que son auditoire était captivé et qu'un vœu favorable à une seconde campagne de fouilles sur ce site était à portée de main, il eut le tort d'aller trop loin et commit une faute. « Les dimensions de ce temple laissent penser que Paris était une ville considérable, conclut-il, probablement plus importante que Guéret. Une hypothèse me vient à l'esprit, que la poursuite des fouilles sur le site de Paris permettra de vérifier ou d'infirmer : le cœur de la France n'était peut-être pas en Creuse, mais sur les rives de la Seine. La capitale de ce prestigieux empire n'était-elle pas Paris plutôt que Guéret ? » Un murmure accompagna cette péroraison. Et lorsque son regard croisa celui du vénérable Tao-Tsin, assis au premier rang, Chen-Li comprit qu'il avait prononcé trois phrases de trop.

Le professeur Tao-Tsin prit la parole au cours du quatrième jour. Son discours était très attendu, car il était évident que le point de vue du père de la francologie pèserait d'un poids considérable dans l'avis que le Grand Conseil présenterait respectueusement à l'empereur. Le grand francologue parla durant six heures. Les cinq premières furent consacrées à un commentaire des découvertes effectuées sur les sites de Guéret et de la Souterraine, que le vénérable Tao-Tsin éclaira de toute sa science : il rapprocha les anciennes trouvailles des nouvelles, fit parler les pierres et les poutrelles, se posa des questions et par de subtils raisonnements y apporta des réponses, qui, aussitôt formulées, s'imposaient avec une évidence lumineuse. Il s'étendit longuement sur la villa Intermarché et le Palais du Chemin de Fer, qui révélaient la place du métal dans la civilisation de la France antique, et montra tout l'intérêt de pouvoir étudier d'autres constructions métalliques pour lever les interrogations qui subsistaient.

Puis, Tao-Tsin en vint à évoquer Paris. Il couvrit Chen-Li d'éloges et souligna l'intérêt de ses découvertes, mais les remit à leur vraie place. L'exubérance de toutes ces sculptures était la marque d'un art primitif qui ne pouvait soutenir la comparaison avec la pureté et l'élégance du style guérétois.

Enfin le vénérable Tao-Tsin aborda le choix difficile sur lequel le Grand Conseil devait se prononcer : « Les crédits que Sa Majesté l'Empereur, dans sa munificence, est prête à accorder à une nouvelle expédition archéologique en France ne permettent pas de poursuivre les fouilles dans tous les sites. Il nous faut donc concentrer nos efforts sur les plus dignes d'intérêt. J'ai le devoir de proposer au Conseil un choix clair et le fais sans ambages : quand on a la chance d'avoir à portée de nos pioches les trésors inépuisables de Guéret et de la Souterraine, il ne serait pas raisonnable de distraire une partie de nos moyens au profit du chef-lieu d'un département d'importance secondaire, même si celui-ci peut receler des bâtiments non dépourvus d'intérêt. » Pour enfoncer le clou, Tao-Tsin évoqua la nécessité d'approfondir la connaissance des constructions métalliques dans la France antique et, toisant son auditoire, il asséna l'argument décisif : « Ce n'est pas à Paris qu'on pourra trouver des constructions métalliques de l'importance de la villa Intermarché et du Palais du Chemin de Fer de la Souterraine. »

Le vénérable professeur Tao-Tsin fut longuement applaudi et le Grand Conseil unanime émit le vœu qu'une nouvelle expédition archéologique se rende en France pour poursuivre les fouilles de Guéret et de la Souterraine. En revanche le chantier de Paris serait abandonné jusqu'à nouvel ordre.

En sortant de la salle du Grand Conseil le vénérable Tao-Tsin croisa le docteur Chen-Li, qui, les mains jointes devant son front, s'inclina respectueusement devant son maître. Celui-ci lui rendit poliment son salut, puis, avec un sourire satisfait, dit à son élève : « Je crains fort, cher et honorable Chen-Li, que votre petite bourgade de Paris ne dorme encore quelques siècles dans son île. » Chen-Li reconnut avec humilité que son manque d'expérience l'avait conduit à échafauder une théorie sans l'avoir suffisamment étayée. « L'expérience, vous l'acquerrez à votre tour, lui répondit le vieux professeur d'un ton indulgent, mais souvenez-vous bien de ceci : pour un archéologue, l'important c'est le flair. »

LE BOIS DE RAUCO

Mai 2078 - Septembre 2081

« Le bois de Rauco sauvé » : en première page de *Ouest-France,* ce titre annonçait la fin d'une bataille de trois ans et le triomphe des écologistes.

Depuis l'abandon du camp de Coëtquidan par les troupes fédérales européennes, qui avaient trouvé dans les plaines polonaises des espaces plus vastes pour faire évoluer leurs divisions blindées, était née sur les terrains libérés une gigantesque ville nouvelle, la « French Silicon Valley », où foisonnaient les entreprises novatrices. Elles offraient des ponts d'or pour attirer les meilleurs cerveaux du monde : universitaires américains, biotechnologues européens, informaticiens asiatiques étaient venus ainsi élire domicile entre Rennes et Ploërmel, le long de la Nationale 24. Pour répondre à leurs besoins des promoteurs avaient couvert d'immeubles les derniers recoins libres de l'ancien camp et défriché les forêts des alentours pour y loger de luxueuses villas. Pas étonnant dès lors que le bois de Rauco, dernier grand espace libre de la région, suscitât la convoitise et la surenchère. C'étaient les frères Shon de Hong-Kong qui avaient réussi à l'emporter, avec la bénédiction de Blaise Barbette, le tout-puissant président de la communauté d'agglomération.

Ayant durant trente ans urbanisé des landes inhospitalières, entassé des villas dans des forêts hostiles, implanté des hypermarchés dans des pâtures, asséché des étangs insalubres pour les transformer en parkings, métamorphosé des chemins vicinaux en voies express, bref fait œuvre de civilisation, Blaise Barbette fut tout surpris de voir l'annonce d'un simple lotissement d'à peine huit cents hectares susciter la colère des écologistes. Les défenseurs de la nature organisaient des défilés et des pique-niques, s'enchaînaient aux arbres, se couchaient devant les scrapers, tant et si bien que la question, strictement locale, finit par avoir un retentissement international : il y eut des interpellations au parlement de Strasbourg, des articles dans la presse, la visite sur le site d'écrivains étrangers… Cette agitation laissa Blaise Barbette de marbre jusqu'au moment où les opposants au projet bloquèrent tous les matins la Nationale 24, provoquant de gigantesques bouchons et paralysant l'activité des entreprises. Le président Barbette sentit alors qu'il fallait changer son fusil d'épaule ; il annonça brusquement que le projet de lotissement était abandonné : après dédommagement des frères Shon, le bois resterait une propriété publique afin d'être définitivement préservé et mis en valeur.

⋆

Quatre mois après cette annonce apaisante, Blaise Barbette réunit des journalistes venus de l'Europe entière pour leur présenter le projet d'Aire de Contact avec la Nature (ACN) du bois de Rauco. L'architecte choisi pour concevoir cette ambitieuse réalisation était Sir John New, dont l'apparition sur l'estrade fut accompagnée d'un murmure flatteur.

Dans un français parfait, rendu plus élégant encore par un léger accent, le célèbre architecte anglais s'adressa aux journalistes comme à des confidents, auxquels il faisait partager son souci de sauvegarder le dernier massif boisé de la région, tout en le rendant accessible au plus grand nombre. D'où son intention de « l'ouvrir aux promeneurs sans le dénaturer ». Ayant ainsi ramassé sa pensée en une formule, il dévoila son « plan vert ». La couleur verte dominait, en effet, sur la gigantesque carte projetée au-dessus de l'estrade : les bois y figuraient en vert pâle, les constructions en vert sombre, les routes et les parkings en vert pomme. Puis, commentant les images de synthèse qui se succédaient sur l'écran, Sir John fit comprendre que chaque détail de la réalisation découlait de la double volonté – protection et ouverture – exposée au départ.

Le souci d'ouverture se manifestait d'abord par la réalisation d'une rocade bordée d'arbres qui permettrait un accès facile aux trois entrées du bois. La principale d'entre elles, poétiquement nommée le Miroir aux Fées, comporterait un parking pour huit cents voitures et quatre-vingts cars. Afin de favoriser l'intégration à l'environnement forestier de cet équipement indispensable, le sol du parking serait composé de plots de béton entre lesquels l'herbe pourrait pousser et quarante arbres de haute tige seraient conservés pour donner de l'ombre aux automobiles. Du Miroir aux Fées un petit train transporterait les visiteurs à Porgoret Lodge, luxueux hôtel perdu au milieu du bois, où ils pourraient passer la nuit dans une ambiance de safari breton. Des haut-parleurs, habilement dissimulés dans les frondaisons, leur feraient entendre les cris des animaux qui jadis hantaient ces lieux sauvages : hululement de la chouette, glapissement du renard, brame du cerf, hurlement du loup… Ceux qui voudraient voir ces animaux n'auraient qu'à se rendre ensuite à pied ou en petit train au Musée de la Faune et de la Flore (MFF), construit à quelques centaines de mètres de là. Comme le fit observer Sir John, les hauts piliers de ce gigantesque hall de fer et de verre rappelleraient les arbres de la forêt. Des images animées, en trois dimensions, permettraient de rencontrer les anciens hôtes de ce bois comme s'ils étaient vivants. Plusieurs types d'arbres y seraient présentés, toujours en trois dimensions, pour que le visiteur apprenne à distinguer un hêtre d'un chêne ou un bouleau d'un sapin. Ainsi, sous la coupole de verre, la magie de la technique substituerait-elle une forêt virtuelle, accessible à tous, à la forêt impénétrable et imprévisible.

Un second échangeur d'accès permettrait d'emprunter une paisible route à quatre voies serpentant dans la pittoresque vallée de Saint-Amant ; elle conduirait les amoureux de la nature au belvédère du Tombeau du Géant : imaginez, sur une des plus hautes buttes du massif boisé, un pilier de quarante mètres de haut ; à son sommet un gigantesque cône de verre, qui, tournant lentement sur son axe, abriterait un restaurant panoramique et gastronomique.

Mais les plus aventureux des visiteurs choisiraient la troisième entrée du bois de Rauco, située au nord. Là une route forestière aménagée à l'ancienne – avec une chaussée en terre – longerait le ruisseau du Gué de Mony et permettrait de découvrir la partie la plus sauvage du bois sans quitter sa voiture. Pour les piétons un télésiège parcourrait le bois à hauteur de la cime des arbres, offrant la possibilité d'un étonnant voyage au milieu des frondaisons. Conduit jusqu'à la partie la plus encaissée de la vallée, le visiteur pourrait, en levant la tête, admirer de magnifiques escarpements rocheux, tandis que des animaux empaillés, habilement disposés sur les branches ou au pied des arbres, éveilleraient sa curiosité. Au retour de cette belle promenade, le pittoresque Drugstore du Val lui proposerait plusieurs formules de restauration rapide et un choix de produits de la forêt : violettes en plastique, glands en pâte d'amande, champignons de synthèse…

Chacun de ces Équipements de Contact avec la Nature (ECN) ayant été conçu avec un souci de développement durable, la réalisation du « plan vert » n'entraînerait la disparition que de 300 hectares de bois, voirie comprise, ce qui permettrait de conserver près de 500 hectares de forêt tout en les rendant accessibles. Après l'exposé de l'architecte anglais, Blaise Barbette reprit la parole pour préciser que la mise en valeur du bois de Rauco et la gestion des ECN seraient confiées aux frères Shon de Hong-Kong ; et il conclut en donnant rendez-vous aux journalistes dans seize mois pour l'inauguration.

⋆

Un peu optimiste le président ! Dans les mois qui suivirent le chantier rencontra des difficultés nombreuses et imprévues. Lors de l'abattage des arbres deux bûcherons furent écrasés. Puis, ce fut la mystérieuse disparition en plein jour d'un engin de chantier et de son conducteur, qui restèrent introuvables malgré les efforts de toute la gendarmerie de Bretagne. Durant l'hiver, des pluies diluviennes obligèrent à interrompre les travaux de terrassement durant quatre-vingt-dix jours. La verrière du musée s'effondra brusquement en cours de montage, obligeant l'architecte à revoir son système de construction. Enfin une tempête d'une violence inouïe provoqua l'effondrement des deux grues employées à la construction du belvédère du Tombeau du Géant, d'où un nouvel arrêt de chantier. Le sort semblait s'acharner contre l'aménagement du bois de Rauco et il fallut trois ans pour achever entièrement les travaux. La rentabilité du projet était si sérieusement affectée par ce retard que les frères Shon en perdaient l'appétit.

Mais l'inauguration fit oublier ces difficultés. Trois mille invités, triés sur le volet, s'extasièrent en découvrant, conformément au dépliant, « ces magnifiques équipements qui permettent un authentique contact avec la nature dans des conditions de confort incomparables ». La journée aurait été parfaitement réussie sans une forte pluie, qui empêcha d'utiliser le télésiège du Gué de Mony. Les invités trempés prirent le parti d'en rire, à l'exception de la ministre de l'Environnement qui laissa un escarpin au fond d'une mare de boue.

Sitôt inauguré, le bois de Rauco attira de nombreux curieux. Les frères Shon se réjouissaient de voir le parking du Miroir aux Fées se couvrir chaque jour de voitures et de cars. Hélas plusieurs incidents vinrent compromettre ces débuts prometteurs : une panne d'ascenseur immobilisa vingt personnes, six heures durant, dans la cabine qui devait les monter au belvédère du Tombeau du Géant, puis ce fut un dérèglement général du système informatique qui obligea à fermer le site durant six semaines. De mémoire d'informaticien, on n'avait jamais vu une telle pagaïe depuis la mise en service de la Bibliothèque de France ou celle de l'hôpital Pompidou ! Les journaux se faisant l'écho de ces déboires, les frères Shon durent riposter par une campagne de publicité de vingt millions d'euros sur les principales télévisions européennes.

Peu après la réouverture du site survint un incident plus grave encore que les précédents : la mystérieuse disparition de deux passagers du télésiège du Gué de Mony. Par une belle journée d'été, en effet, un siège revint vide de son circuit. On eut beau passer le bois au peigne fin, impossible de retrouver les occupants. Ni la police, ni les familles, ni les journaux ne reçurent la moindre demande de rançon, le plus petit communiqué d'un groupuscule terroriste revendiquant une prise d'otages. On conclut à une fugue. Le fonctionnement du télésiège, provisoirement interrompu, reprit pendant deux jours ; le troisième jour quatre autres passagers disparurent. Cette fois le télésiège fut définitivement immobilisé et l'on fit appel au Service régional de la Police judiciaire (SRPJ) de Rennes.

⋆

Une nouvelle fouille du bois, entreprise avec le concours d'un impressionnant dispositif militaire, ne donna aucun résultat : pas la moindre trace des disparus. Une malédiction semblait s'être abattue sur le bois de Rauco. Les parkings restaient désespérément vides. Faute de clients, les ECN furent mis en chômage technique. La faillite guettait les frères Shon et le ridicule le président de la communauté d'agglomération de Coëtquidan.

Au bout de trois semaines, Blaise Barbette reçut une convocation du procureur de la République de Rennes. Lorsqu'il pénétra dans le bureau du magistrat, deux hommes y avaient déjà pris place : le commissaire Jerlier, chef du SRPJ de Rennes, et un inconnu que le procureur présenta comme « M. Trouvère, chef du bureau des Fées à l'Office national des Forêts.

— Le bureau des Fées ? s'étonna Barbette.

— Le bureau des Fées, confirma le procureur. La plupart de nos grandes institutions ont des cellules chargées d'étudier les phénomènes qui échappent aux explications scientifiques. Vous n'ignorez pas qu'un service de l'Armée de l'Air est spécialement chargé d'analyser tous les témoignages relatifs aux OVNI. De la même manière l'Office national des Forêts dispose d'un bureau des Fées, dirigé par M. Trouvère, un de nos plus éminents elficologues.

— Un elficologue ?

— Oui, un spécialiste des elfes, lutins, fées et autres magiciens qui peuvent hanter nos forêts, du moins si l'on en croit d'anciennes légendes, expliqua le procureur avec un peu d'agacement. Le commissaire Jerlier et moi-même avons pour principe de ne négliger aucune hypothèse dans une enquête ; or il y a dans cette affaire une particularité que nous n'avions pas le droit de négliger. C'est pourquoi nous avons décidé, il y a une semaine, de faire appel à M. Trouvère. »

Devant l'étonnement grandissant de Blaise Barbette, le procureur invita l'ingénieur des Eaux et Forêts à expliquer la nature de ses activités : « Le bureau des Fées fut créé au début du siècle, à la suite de l'incroyable série d'incidents qui accompagna la mise en service de la Très Grande Bibliothèque de Tolbiac. Pannes informatiques, chutes de portes, incendies dans les galeries techniques, empoisonnement inexpliqué de nombreux agents et toutes sortes d'autres événements mystérieux se succédèrent durant plusieurs années, provoquant la nervosité du personnel et obligeant à fermer les salles de lecture durant des mois.

Faute de pouvoir leur trouver une explication scientifique, le président de la Bibliothèque nationale de France se demanda s'il n'y aurait pas un lien entre ces événements incompréhensibles et l'emplacement même de la Bibliothèque, construite sur un ancien marais hanté par la Dame Verte qui, selon des récits anciens, ensorcelait les bateliers de la Seine. Du fait de sa compétence en matière de faune sylvestre, l'Office national des Forêts fut chargé d'une étude. Les experts ne purent établir un lien certain entre les dysfonctionnements de la Grande Bibliothèque et l'éventuelle présence de la Dame Verte dans ses tréfonds, mais leurs analyses révélèrent assez de coïncidences troublantes pour que fût décidée la poursuite d'un travail d'observation méthodique sur la France entière. D'où la création du bureau des Fées. Depuis maintenant quatre-vingts ans, sa tâche consiste, dans un certain nombre de lieux qui, selon les légendes, auraient été fréquentés par des fées, à observer avec rigueur les phénomènes qui s'y produisent. Vous ne serez donc pas surpris que les projets de lotissement, puis de mise en valeur du bois de Rauco aient attiré dès le départ notre attention. »

L'elficologue accompagna cette dernière phrase d'un sourire plein de sous-entendus. Son interlocuteur n'ayant visiblement pas compris l'allusion, il dut mettre les points sur les « i » :

« Savez-vous bien, Monsieur le Président, où

vous avez construit les équipements destinés à mettre en valeur le bois de Rauco ?

— Dans le bois de Rauco, naturellement.

— J'entends bien, mais vous ne pouvez pas ignorer que le bois de Rauco est le dernier vestige de la forêt de Brocéliande… Brocéliande, cela ne vous dit vraiment rien, Monsieur le Président ? »

Le président Barbette, qui n'avait jamais ouvert un livre de sa vie, resta muet, obligeant M. Trouvère à poursuivre ses explications : « Dans le haut Moyen Âge, la forêt de Brocéliande, immense et mystérieuse, couvrait une grande partie de la Bretagne. Selon les romans du roi Arthur et des chevaliers de la Table ronde, elle était habitée par des fées ; les chevaliers errants ne s'y aventuraient qu'avec crainte. Ce fut au cœur de Brocéliande que l'enchanteur Merlin, amoureux de la fée Viviane, lui abandonna un à un ses pouvoirs et se laissa emprisonner pour l'éternité dans une prison d'air. À mesure que les siècles passaient, les hommes défrichèrent la forêt ; elle se réduisit comme une peau de chagrin ; au début du XXIe siècle, il n'en restait plus qu'un lambeau : la forêt de Paimpont, qui s'étendait encore sur sept mille hectares. Mais le développement accéléré de la Nationale 24, notre “ French Silicon Valley ”, lui fut fatal : les unes après les autres toutes les parties de la forêt furent abattues pour laisser place à des autoroutes, des lotissements et des zones d'activité. Le bois de Rauco seul fut épargné par l'urbanisation. Or c'est à cet endroit précis que les chroniqueurs situent le cœur mystérieux de la forêt ; c'est là que Merlin fut emprisonné et que, du fond d'un étang, Viviane fit surgir le château où elle éleva Lancelot du Lac ; c'est aussi au sommet d'une de ses collines que l'on trouve la pierre appelée " tombeau de Viviane "...

— Voilà des légendes charmantes, coupa le président Barbette. Je ne manquerai pas de les utiliser pour la promotion touristique du bois de Rauco, mais je ne vois pas le lien avec l'affaire qui nous occupe.

— Je n'affirme rien, répondit M. Trouvère, mais les accidents qui ont retardé le chantier et perturbé la mise en service me conduisent à m'interroger. Menacées dans leur dernier refuge par la construction de vos échangeurs, de vos parkings et de votre belvédère, les fées n'auraient-elles pas jeté un sort sur les chantiers ? Je conviens néanmoins qu'il est possible d'expliquer tous les événements d'alors par le hasard et la malchance. Mais il n'en va pas de même de la disparition du conducteur de l'engin de chantier et des passagers du télésiège, car ici la coïncidence avec la légende est trop précise. Savez-vous comment s'appelait autrefois la vallée empruntée par le télésiège ? " Le Val sans Retour ". C'est en ce lieu que la fée Morgane retenait dans une prison invisible les chevaliers infidèles à leur dame. S'ils venaient à s'engager dans la vallée, ils ne pouvaient plus en sortir. D'où ce nom de « Val sans Retour ». »

Sur un signe du procureur le commissaire Jerlier, resté silencieux, prit la parole : « L'enquête à laquelle nous avons procédé sur la personnalité de chacune des victimes nous a appris que le conducteur de l'engin de chantier trompait sa femme avec plusieurs maîtresses. Quant aux six disparus du télésiège, il s'agit de trois couples illégitimes, qui voyageaient en cachette. »

À son tour, le procureur s'adressa à Blaise Barbette : « Il y a là, vous l'avouerez, une série de faits troublants. N'auriez-vous pas fait preuve, Monsieur le Président, d'une certaine légèreté en engageant cette opération ? En autorisant ces travaux sans prendre les précautions qu'appelait, de toute évidence, la nature du lieu ?

— L'étude d'impact ne mentionnait absolument pas la présence des fées ! protesta le président Barbette. Pourtant ce document de huit cents pages ne passe sous silence aucune espèce d'escargots ou de hannetons. Sur cette Morgane, rien, pas un mot !

— Possible, répondit le procureur, mais la légende du Val sans Retour est bien connue : des dizaines de livres d'enfants la mentionnent. J'ignore si la fée Morgane existe, mais l'application du principe de précaution aurait dû vous conduire – au minimum – à faire apposer, au départ du télésiège, des écriteaux destinés à informer les passagers des risques qu'ils pouvaient courir :

TÉLÉSIÈGE DU VAL SANS RETOUR
RISQUE DE NON-RETOUR
POUR LES CONJOINTS ET AMANTS INFIDÈLES

Or vous n'avez rien fait pour avertir le public. Il s'agit là d'une grave négligence. Si, dans une semaine, nous n'avons pas de nouvelles des disparus, je me verrai obligé de vous mettre en examen pour avoir autorisé la mise en service d'un équipement dangereux. »

Blaise Barbette réagit vivement : « Soyons sérieux, s'il vous plaît. Vous n'allez quand même pas me dire que vous croyez aux fées ! » Sans se départir du calme qui sied à un esprit scientifique, M. Trouvère murmura : « Il vaut mieux, en effet, ne pas y croire, car les fées n'exercent leur pouvoir que sur ceux qui croient en elles. »

Cette fois Blaise Barbette explosa : « Eh bien, moi, je n'y crois pas, vous m'entendez. Pas plus qu'à Dieu et au Diable ! Et j'ai assez perdu de temps à écouter vos sornettes. Vous savez ce que j'en fais, moi, de vos fées : je m'en tape ! Oui, je m'en tape ! »

Le procureur n'essaya pas de retenir le président Barbette, qui, en proie à une violente colère, quitta le bureau en claquant la porte. Se dirigeant à grandes enjambées vers l'ascenseur, il répétait en hurlant de fureur : « Je m'en tape ! Oui, je m'en tape ! » Les deux panneaux de la porte s'ouvrirent, Blaise Barbette s'avança… et s'écrasa vingt-deux étages plus bas au fond de la cage d'ascenseur. Pour une raison encore inexpliquée les portes s'étaient ouvertes sans que la cabine fût à l'étage.

« Sans se l'avouer, il avait dû commencer à y croire… C'est ce qui l'a perdu », commenta d'une voix douce M. Trouvère, en notant soigneusement sur son carnet les circonstances de l'accident.

LA PILULE DE L'ABBÉ FILOU

Septembre 2081 - Décembre 2082

Le président-directeur général était soucieux.

Depuis cinq ans, la progression annuelle du chiffre d'affaires était supérieure à 10 %. Le bénéfice net venait de dépasser les cinq milliards d'euros. La cote de l'action s'envolait. Les salariés bénéficiaient d'un seizième mois. La productivité augmentait, l'endettement avait été ramené à zéro et les principaux concurrents absorbés. Si bien que la *Pilule de l'abbé Filou* jouissait maintenant d'un quasi-monopole sur le marché mondial de la pilule alimentaire.

Hélas, c'était ce nom même, *Pilule de l'abbé Filou*, qui rendait chagrin et inquiet le président Delay. Il en oubliait qu'il pesait quatre-vingt-dix milliards d'euros. Lorsqu'au séminaire de Davos ou aux réunions de la Confédération européenne du Patronat (CEP), il côtoyait les présidents d'European Telecom, de Vivendi ou de Bayer, il se sentait gêné. Peu lui importait qu'on vendît à chaque seconde plusieurs milliers de pilules *Filou* à travers le monde, ce nom d'une autre époque lui donnait l'impression de diriger une maison désuète, une officine de campagne vouée aux remèdes de grands-mères.

Il avait pourtant la plus grande admiration pour l'abbé Filou, dont le portrait trônait au-dessus de son bureau. Ce saint homme, qui avait fait des études de biologie et de chimie avant d'entrer au séminaire, s'était aménagé un petit laboratoire dans une pièce inutilisée de son presbytère, où il aimait passer les rares heures de loisir que lui laissait son ministère. Dans les années quarante, alors qu'il était curé de Paimpont, il avait eu l'idée, pour financer un pèlerinage de ses ouailles en Terre Sainte, de breveter une petite pilule de son invention et de s'aboucher avec le pharmacien de son village pour la vendre dans le canton. Cette pilule correspondait à l'apport nutritionnel d'un repas parfaitement équilibré. Son absorption représentait une économie de temps pour les ménagères, de poids et de volume pour les marins, les alpinistes, les cosmonautes, les routiers et les compagnies d'aviation. Le succès dépassa donc rapidement les limites du canton et, comme l'abbé avait les pieds sur terre, il sut l'exploiter : ce fut le point de départ de la plus fabuleuse *success story* de la Nationale 24, cette « French Silicon Valley ». Quand l'abbé mourut, Laurent Delay prit la tête de l'entreprise et lui donna hors d'Europe l'extension que l'on connaît.

Tout serait allé pour le mieux dans le meilleur des mondes, n'était ce fichu nom de *Pilule de l'abbé Filou*, qui, pour une multinationale, ne faisait vraiment pas sérieux. D'ailleurs imprononçable à l'étranger, ce machin-là ! Laurent Delay faillit mourir de honte lors d'un congrès à Hawaï, où il était assis entre les présidents de la General Motors et de Microsoft : malgré vingt minutes d'efforts et toute la bonne volonté de ses deux voisins, il ne parvint pas à leur faire dire correctement *« La Pilule de l'abbé Filou »*, pas même *« pilule Filou » – « pilioul Faïlioul »*, bredouillaient les Anglo-Saxons. L'exercice devint un jeu qui fit rire tout le congrès. Le président Delay revint en Bretagne mortifié. Ce nom l'obsédait. Il en perdait le sommeil. Pire, ses parties de golf du mercredi s'en ressentaient : il ne jouait plus son handicap.

Au cours de longues méditations solitaires, il se souvint que, pour acquérir une meilleure « lisibilité internationale », la plupart des entreprises françaises affublées de noms compliqués les avaient abandonnés au tournant du siècle dernier : ainsi la Compagnie générale des Eaux était devenue *Vivendi* ; la Société générale d'Entreprise, *Vinci* ; Rhône-Poulenc, *Aventis* ; le Crédit local de France, *Dexia* et même Thomson, qui portait pourtant un nom à consonance britannique, l'avait changé pour *Thales*. Pourquoi donc le leader mondial de la pilule alimentaire traînait-il depuis quarante ans un nom aussi ridicule ? Un nom qui ne reflétait plus, du reste, la diversité des métiers de l'entreprise maintenant qu'elle s'était diversifiée dans le patin à roulettes et le papier-toilette. La fidélité au souvenir de son créateur ne devait pas condamner la *Pilule de l'abbé Filou* à persévérer dans une erreur de marketing aussi flagrante ! L'abbé Filou lui-même n'aurait pas hésité à prendre une décision qui s'imposait. Un beau matin, le président Delay décida que sa société changerait de nom.

*

Il fit appel au cabinet Smuggle & Mess, de New York. Spécialisé dans la communication d'entreprise, Smuggle & Mess s'était bâti une réputation en conseillant les entreprises d'Europe de l'Est désireuses d'échanger leurs noms imprononçables contre des dénominations utilisables dans le monde entier : ce fut ainsi que les Chantiers navals de Gdansk devinrent *Glub* et les Aciéries du Donetz, *Bof*.

John Smuggle junior vint en personne devant le directoire de la *Pilule de l'abbé Filou* exposer la méthode de recherche qu'il proposait. Smuggle & Mess possédait l'un des plus gros ordinateurs du monde : sa puissance de calcul était comparable au « géant » qui permettait au ministère français de l'Éducation de gérer les mutations des enseignants, c'est dire ! Grâce à cet ordinateur on procéderait à toutes les combinaisons de syllabes imaginables avant de sélectionner celles qui, dans les quarante-trois principales langues du monde, se révéleraient les plus positives au regard de cinquante-deux critères. Ensuite, des panels de consommateurs organisés dans trente pays différents permettraient de tester les dix meilleurs noms et de choisir parmi eux, en toute connaissance de cause, celui qui aurait la résonance la plus flatteuse. Le tout pour cent millions d'euros, prix d'ami.

L'ordinateur se mit à tourner. Six mois plus tard Smuggle junior revint devant le comité de direction de la *Pilule de l'abbé Filou* pour dévoiler le nom choisi au terme de ce savant processus : « *Ra* ».

« *Ra* ? » s'étonna Laurent Delay. « *Ra*, confirma John Smuggle, ce nom est aisément prononçable dans toutes les langues et il véhicule une forte connotation positive. Râ était, je vous le rappelle, le dieu du soleil dans l'ancienne Égypte. Il y a là un symbole d'abondance particulièrement judicieux pour une pilule alimentaire. » À en juger par les mines qui s'allongeaient autour de la table, cette argumentation n'emporta pas la conviction du comité de direction. Le directeur de la communication fit même observer qu'en français un rat était un rongeur avec qui peu de consommateurs accepteraient de déjeuner…

Ra ne convenant visiblement pas, Laurent Delay

poussa Smuggle sur une nouvelle piste. *Vinci*, choisi il y a plus de quatre-vingts ans par la Société générale d'Entreprise, plaisait beaucoup au président de la *Pilule de l'abbé Filou*, qui le citait volontiers comme exemple d'un changement de nom réussi. Ne serait-il pas possible de trouver un autre artiste italien prestigieux, dont le nom apporterait à la *Pilule de l'abbé Filou* un parfum d'élégance et de culture ? Cet espoir fut vite déçu, tant l'art italien avait été écumé depuis un siècle par les agences de publicité : les crèmes glacées *Michel-Ange* avaient fait oublier depuis longtemps le peintre de la Sixtine et, dans l'esprit des bureaucrates, *Raphaël* n'évoquait plus qu'un surligneur multicolore. L'ordinateur de Smuggle & Mess passa alors en revue les condottiere, les saints, les acteurs de cinéma et même les papes, mais là encore tout était pris : le *Colleone* servait d'enseigne à une chaîne de supermarchés chinois et *Lolobrigida,* « l'ouvrière de la onzième heure », était devenue la N° 1 du travail intérimaire. Seul *Borgia* restait disponible. Ce nom avait des qualités incontestables de sonorité, de dynamisme et de force, mais le penchant familial pour le poison le rendait mal adapté à la promotion de produits alimentaires…

On fit également chou blanc du côté de la Grèce antique : *Zeus* distribuait depuis déjà vingt ans l'électricité en Australie, *Phryné* habillait de dessous invisibles les femmes du monde entier, *Hermès* s'était refait depuis longtemps un nom dans la maroquinerie et *Pluton* vendait des poêles à bois en Sibérie. Quant à *Aphrodite*, fortement convoitée, elle faisait l'objet d'un procès interminable entre le géant américain du collant et le colosse européen de la serviette hygiénique. Restait *Épaminondas*, mais, malgré l'insistance de John Smuggle, le comité de direction lui préférait encore *L'abbé Filou.*

L'infatigable John Smuggle proposa alors de passer en revue les empereurs romains, mais, peu désireux de présider aux destinées des pilules *Caligula*, Laurent Delay, excédé, décida de se séparer du New-Yorkais pour faire appel à Jacques Quenelle, le très médiatique Q de l'agence *CQFD*. Là où l'ordinateur américain avait échoué, un esprit parisien créatif allait-il réussir ? Oui, car, à peine le contrat signé, Quenelle eut un coup de génie : songeant au meilleur ami de Mickey, le Goofy de Walt Disney, il proposa *Loofy* (prononcez : Loufi). Les visages s'épanouirent instantanément autour de la table du comité de direction : ce nom s'imposait.

Les tests confirmèrent rapidement les qualités du nouveau patronyme : sa consonance anglaise donnait une grande modernité à la pilule alimentaire aux yeux des francophones et elle créait un sentiment de familiarité positif chez les anglophones. Pour la grande majorité des consommateurs ayant participé aux panels, *Loofy* inspirait la confiance (92 %), donnait une impression de confort (89 %), de vigueur (87 %) et de santé

(86 %), invitait à l'optimisme (83 %) et à l'évasion (78 %). Les résultats étaient encore meilleurs dans la tranche des moins de vingt ans.

Pour avertir les consommateurs du monde entier que la *Pilule de l'abbé Filou* devenait *Loofy*, mais restait leur pilule alimentaire, *CQFD* mit au point une campagne de publicité de trois cents millions d'euros qui occupa pendant un mois les écrans de télévision de toute la planète.

Aussitôt *Loofy* adopté, le président Delay se remit à jouer son handicap au golf et, l'esprit ainsi libéré, put donner un nouvel élan à sa pilule. Il fit redessiner le logo et relooker le packaging. À son instigation, le département marketing mit au point une petite capsule rouge fluo qui laissait dans la bouche un goût persistant de viande hachée et de sauce tomate. La consommation de pilules alimentaires étant restée cantonnée jusqu'ici aux cadres dynamiques et surbookés, aux *executive women* débordées et aux touristes désireux d'éviter la *tourista*, l'objectif était maintenant de la populariser en s'attaquant à la clientèle des banlieues. La nouvelle pilule *Loofy* à relent de MacDo y fit un tabac. Les gamins des cités l'adoptèrent immédiatement, si bien qu'on les entendait dire à tout bout de champ en verlan : « Hé mec, file moi une *Filoo* » (prononcez Filou). Le Q de *CQFD* vit aussitôt quel parti tirer de cette invention spontanée. Une vaste campagne d'affichage popularisa le nouveau slogan : « *Loofy*, c'est ma *Filou.* »

LA LOI MARÉCHAL

2029

L'attribution du portefeuille de la Francophonie à Brice Maréchal dans le premier gouvernement de Jeremy Lebouchot était le résultat d'une ascension politique fulgurante : conseiller général de Foulletourte-sur-Bouzanne à 30 ans, député de l'Indre à 32 ans, le voilà ministre à 35 ans ! Bien sûr, Brice Maréchal espérait obtenir le portefeuille de l'Agriculture et fut un peu déçu lorsque le Premier Ministre lui proposa la Francophonie, mais l'essentiel n'était-il pas d'être ministre ? Fort habilement, il sut manifester un brin de dépit pour obtenir de Jeremy Lebouchot l'élargissement de sa compétence à la langue française et à la tutelle de l'Académie française. Brice Maréchal fut donc ministre de la Francophonie et de la Langue française.

Dès qu'il fut sûr de sa nomination, il eut pour premier réflexe de téléphoner au secrétaire général du gouvernement. Cette présence d'esprit lui permit de souffler au ministre de l'Artisanat et des Start-Up un joli petit hôtel de la rue de Lille avec jardin, vue sur la Seine et huissier en habit, où il put s'installer confortablement avec son cabinet. Il y disposait aussi d'une salle à manger particulière.

Une fois dans son bureau, Brice Maréchal regarda avec satisfaction les boiseries dorées et les trumeaux de Boucher, puis se mit à réfléchir à la meilleure manière d'utiliser ce portefeuille d'importance secondaire pour en faire un tremplin vers une brillante carrière de ministre, voire – qui sait ? – de Premier Ministre. Plongé dans sa méditation, il ferma un moment les yeux. Quand il les rouvrit, un petit monsieur tout gris, habillé d'un complet veston tel qu'on le portait au milieu du XXe siècle, était assis dans un fauteuil en face de lui. Le nouveau ministre reconnut immédiatement le fantôme d'Henri Queuille. Condamné par saint Pierre à un siècle de purgatoire, l'ancien président du Conseil avait reçu pour mission de mettre sa longue expérience au service d'hommes politiques au début de leur carrière pour leur éviter des erreurs de jeunesse. Brice Maréchal avait déjà reçu plusieurs fois sa visite à des moments décisifs de son existence et s'était toujours félicité d'avoir suivi ses conseils. Il écouta donc son interlocuteur avec toute l'attention que mérite un envoyé de l'au-delà qui a détenu vingt-deux portefeuilles ministériels sous la IIIe République et trois maroquins de chef du gouvernement sous la IVe.

« Mon cher ami, commença le revenant, il est normal que vous éprouviez une légitime satisfaction en jouissant enfin des attributs d'un pouvoir longuement recherché. Faire attendre d'anciens amis dans votre antichambre, nommer des fonctionnaires, accorder des faveurs, distribuer des croix et des subventions, prononcer des discours est grisant, mais, aussi délicieux soit-il, ce sentiment est fugace. Bien sûr vous occuperez d'autres portefeuilles, vous vous accrocherez bec et ongles aux derniers d'entre eux, mais tôt ou tard, il vous faudra abandonner le pouvoir et rentrer dans l'obscurité. C'est pourquoi vous devez utiliser dès à présent vos nouvelles fonctions pour obtenir la seule satisfaction que vous pourrez savourer dans l'au-delà : transmettre votre nom à la postérité. Et pour cela, croyez-en ma vieille expérience, il n'y a pas de meilleur moyen que d'attacher votre nom à une loi.

— Pourquoi une loi ? interrogea le ministre, intrigué.

— Du moment que son objet est bien choisi, une loi suffit à rendre un nom immortel, expliqua le fantôme. Le comte de Falloux n'était pas meilleur ministre que Monis ou Triboulet, mais il a suffi d'une loi pour que son nom soit inscrit dans les livres d'histoire, alors que celui des autres sombra dans l'oubli dès qu'ils quittèrent le pouvoir. Il est vrai qu'il fallait une remarquable intuition pour faire voter en 1850 une loi sur la liberté de l'enseignement qui poussa des générations d'hommes politiques à s'étriper durant un siècle et demi. De même Marthe Richard, qui n'était ni ministre, ni même parlementaire, mais simple conseillère municipale de Paris, eut-elle un véritable coup de génie en imaginant de fermer des maisons déjà closes – ce qui assura durablement sa notoriété auprès de tous les chansonniers, alors qu'une loi sur les maisons de retraite n'aurait eu aucune chance de lui éviter l'anonymat. Le plus doué de tous les candidats à l'immortalité était incontestablement Wallon : cet obscur député n'a fait voter aucune loi, mais il réussit cependant en 1875 par un seul amendement à entrer durablement dans l'histoire de France. Pas un livre, un exposé, un article sur la IIIe République qui ne cite aujourd'hui – et à la première place – “ l'Amendement Wallon ”. Convenez-en : quel talent ! Impossible de trouver un meilleur rapport entre l'effort déployé, qui était bien mince, et la notoriété récoltée. À côté d'un tel génie, tous les hommes politiques qui, depuis deux siècles, se creusent la cervelle pour inventer les dispositifs législatifs les plus abracadabrants dans l'espoir de décrocher une parcelle d'immortalité sont de misérables besogneux.

— Une loi, bien sûr, il me faut une loi, murmura Brice Maréchal, convaincu par cette argumentation lumineuse. Mais, quelle loi peut-on imaginer quand on est ministre de la Francophonie et de la Langue française ? S'il est un domaine où l'on n'a pas besoin de loi, c'est bien celui-là.

— Réfléchissez et vous trouverez, répondit le fantôme avec un sourire encourageant. Inspirez-vous de l'exemple de tous ces ministres ambitieux et pleins de talent qui, au cours des dernières décennies, ont su faire preuve d'une brillante imagination pour légiférer dans des domaines parfaitement inutiles ou échafauder les constructions juridiques les plus surprenantes. Nous leur devons la fixation du taux de salinité de l'eau de mer, la limitation du diamètre des fromages de Brie, l'interdiction des parasites sur les ondes hertziennes, la semaine de trente-cinq heures, les préavis avant les jours de pluie, la codification de la taille des crayons de couleur dans les écoles maternelles et bien d'autres fruits d'une prodigieuse imagination législative. Réfléchissez, réfléchissez... Vous avez déjà la chance d'avoir un nom qui sonne bien et que l'on peut aisément accoler à une loi. Trouver un sujet n'est pas le plus difficile. Il suffit de réfléchir, de réfléchir, de réfléchir... »

Et, sur ces mots, le fantôme d'Henri Queuille disparut aussi mystérieusement qu'il était entré.

*

Resté seul dans son vaste bureau, Brice Maréchal, impressionné par l'apparition, se mit à réfléchir intensément. Il lui fallait à tout prix trouver un sujet de loi, mais pas n'importe lequel : il voulait un sujet qui puisse nourrir des polémiques dans les journaux bien avant l'ouverture du débat parlementaire, susciter de bonnes empoignades dans les hémicycles, opposer l'Assemblée nationale au Sénat et entretenir la controverse bien après la promulgation. Brice Maréchal eut alors une de ces idées fulgurantes qui révèle la race des grands politiques et permet de classer sans hésitation son auteur dans la petite phalange des ministres susceptibles de passer à la postérité.

Cette idée était neuve, et pourtant elle allait de soi ; elle était dérangeante et pourtant « politiquement correcte » ; elle soulèverait des tollés et pourtant elle ne pouvait manquer de s'imposer ; bref elle parut si délicieusement titillante que, par attachée de presse interposée, elle séduisit aussitôt Anne Ducharme, l'étoile de la 13e chaîne française, et permit à Brice Maréchal de brûler la politesse à son excellent ami et collègue, Nestor Ruchard, ministre de l'Artisanat et des Start-Up, pour passer à *Transparence*, l'émission politique incontournable du dimanche soir.

« Le premier objectif du gouvernement de Jeremy Lebouchot est d'assurer la mixité sociale, exposa le ministre de la Francophonie et de la Langue française. À la fin du siècle dernier, nos prédécesseurs avaient cru qu'il suffisait de combattre la discrimination dans les logements pour assurer cette mixité. Ils pensaient qu'il leur suffisait de mélanger les classes sociales dans les quartiers des villes. Mais, chère Anne Ducharme, la véritable discrimination n'est pas géographique : elle est culturelle. La véritable discrimination vient du langage. Pour tous les jeunes des milieux populaires, notamment pour ceux qui sont issus de l'immigration, le français tel qu'on peut le lire dans les journaux est incompréhensible. Il n'est pas normal, par exemple, qu'en plein XXIe siècle le verlan, parlé par tous les jeunes de nos banlieues, n'ait aucune place dans la presse. Aussi ai-je la volonté de m'attaquer à cette mécanique d'exclusion, qui interdit à une grande partie de notre jeunesse d'avoir accès à l'information écrite et aux grands débats de la Nation. En plein accord avec Jeremy Lebouchot, j'ai donc décidé de présenter au Parlement un projet de loi rendant obligatoire la présence d'un minimum de 20 % de français populaire dans la rédaction des articles des journaux. Par populaire, chère Anne Ducharme, j'entends le verlan ou le français tel qu'on le parle au quotidien dans la rue, c'est-à-dire mixé d'expressions qui peuvent irriter les habitués des dîners en ville et autres beaux esprits, mais reflètent l'âme populaire de notre pays. Il faut acter au niveau de la loi ce que le peuple a déjà intégré à son vocabulaire pour mettre fin à un déficit de lisibilité des journaux. » Comme le lecteur l'a remarqué, Brice Maréchal montrait l'exemple en émaillant ses propos d'expressions à faire se retourner un Immortel dans sa tombe.

Anne Ducharme demanda au ministre si la télévision et la radio seraient, elles aussi, visées par la loi. Il répondit que de nombreuses émissions de télévision en « prime time » avaient déjà atteint un niveau de vulgarité suffisant pour que le recours à la loi ne soit pas nécessaire. En revanche la question restait ouverte pour la radio.

*

Comme s'y attendait Maréchal, l'annonce de son projet de loi provoqua un tollé. L'Académie française s'indigna et son secrétaire perpétuel adressa une lettre ouverte au président de la République pour fustiger le projet du ministre de la Francophonie et de la Langue française. Plusieurs journaux prirent ouvertement position contre la réforme et leurs éditorialistes dénoncèrent « une obligation de massacre de la langue française ». Pour Gilles Dupré-Gaudrut, de l'Académie française et du *Figaro,* « en assassinant une langue, on assassine un peuple ». Les lettres d'agrégés scandalisés submergèrent le courrier des lecteurs et une association de parents d'élèves fit circuler une pétition qui réunit cent mille signatures.

Ces réactions dépassaient les espérances les plus optimistes de Maréchal, car elles le mettaient en vedette et lui donnaient l'occasion de répliquer. Du jour au lendemain, il fut invité par toutes les radios et toutes les télévisions. Il y fut excellent, faisant preuve de calme et de modération, mais développant ses arguments avec conviction et prouvant qu'en lançant cette réforme, il obéissait, non seulement à une exigence sociale, mais aussi à la voix de la raison. Il montrait, souvent avec humour, que son projet de loi n'avait pour adversaires qu'un ramassis de vieilles barbes et de conservateurs.

Sur la 13e chaîne française, à une heure de grande écoute, un débat l'opposa à Gilles Dupré-Gaudrut. Face à un adversaire connu pour sa verve et son sens de la formule, il se montra habile, se posant, malgré sa jeunesse, en homme de bonne volonté et de bon sens. Il rappela comment, il y a une trentaine d'années, l'Académie française et les mêmes forces conservatrices, s'étaient opposées à la directive de Lionel Jospin – le Premier Ministre de l'époque – qui rendait obligatoire la féminisation de tous les titres dans les textes administratifs. « Or, interrogea-t-il, qui aujourd'hui oserait encore appeler Madame le Ministre une femme ministre ou Madame le Préfet une femme préfète ? » Cela déclencha des rires. Gilles Dupré-Gaudrut riposta en parlant « d'obligation de charabia », mais Brice Maréchal lui réservait une botte secrète. Il lut une citation d'Anatole France après avoir souligné, non sans humour, qu'elle était tirée d'un numéro, il est vrai ancien, du *Figaro* : « La correction est ce qui importe le moins dans le langage. Un tour incorrect est bon s'il exprime exactement et fortement une pensée. Et il deviendra correct quand il sera imité. » « *Le Figaro* était donc plus ouvert en 1900 qu'aujourd'hui », conclut le ministre de la Francophonie. Dès lors le débat tourna à son avantage et il eut, en plus, l'habileté d'avoir le dernier mot : « Rassurez-vous, Maître, il n'y aura aucune obligation d'introduire du verlan ou du charabia – comme vous dites – dans le dictionnaire de l'Académie française, car personne ne le lit. »

*

Pendant que Brice Maréchal triomphait devant les caméras de télévision, ses collaborateurs peinaient pour élaborer un texte de loi. L'idée du ministre, fort simple au premier abord, soulevait quantité de problèmes dès qu'on réfléchissait à la manière de l'appliquer : la rédaction du texte en devenait un exercice périlleux. Le directeur de cabinet du ministre de la Francophonie et de la Langue française passa un après-midi inconfortable lorsqu'il dut présenter le projet de loi devant la section de l'Intérieur du Conseil d'État. Sans se départir d'une grande courtoisie, mais non sans malice, les hôtes du Palais-Royal, visiblement peu favorables au texte, ne manquèrent pas d'en souligner toutes les incohérences. L'exercice ne semblait pas leur déplaire, au point que, contrairement à une tradition bien établie, les conseillers les plus âgés, qui siégeaient de part et d'autre du Président, en oublièrent de dormir.

Le problème le plus délicat était de savoir si le pourcentage minimum de 20 % de « français populaire » s'appliquerait à chaque article de journal ou à l'ensemble d'un numéro. La première solution exigerait de la part de chaque rédacteur une habileté de plume assez rare, aussi, dans sa sagesse, la Haute Assemblée estima-t-elle qu'il valait mieux calculer le pourcentage sur l'ensemble du journal. Cette interprétation avait pour avantage de donner aux rédacteurs en chef de journaux une souplesse qui rendrait l'application de la loi plus facile : il suffirait d'un billet humoristique en verlan pour offrir à un Académicien la possibilité de rédiger une colonne entière dans une langue digne de Vaugelas.

Autre question : le pourcentage légal de « français populaire » serait-il mesuré au nombre de caractères ou à la surface occupée par les textes ? Dans la seconde hypothèse, il suffirait d'inscrire en gros titre « Meufs. Meufs. Meufs » en haut d'une page de mode pour pouvoir rédiger celle-ci avec l'élégance qui convient au sujet abordé. En revanche le critère simple du nombre de caractères avait pour avantage de rendre plus facile le contrôle de légalité. Les conseillers d'État ne voulurent pas se prononcer sur une question aussi politique et se contentèrent d'attirer l'attention du gouvernement sur ce choix épineux.

Le point qui prêta le plus à la discussion fut de savoir ce qu'on entendait par « français populaire ». Le verlan, cité en exemple par le ministre, en faisait bien évidemment partie, ainsi que toute forme de langage pratiquée dans les banlieues. L'argot s'imposait également, mais qu'en était-il des anglicismes et des néologismes de toutes sortes, du baragouin des informaticiens, du galimatias des sociologues, du jargon des scientifiques, du charabia de l'administration ? Selon l'opinion des conseillers, toutes les tournures incorrectes qui proliféraient dans le langage de leurs contemporains avaient un droit égal à être prises en compte dans le calcul du « pourcentage légal de français populaire ».

Ce fut donc un projet de loi profondément remanié qui fut soumis à l'approbation du Conseil des Ministres. Le Premier Ministre avait longuement hésité avant de l'inscrire à l'ordre du jour, car ses conseillers avaient attiré son attention sur les dangers du texte. Mais il lui sembla encore plus maladroit de renoncer à une mesure annoncée à grand son de trompe depuis des semaines, car l'opposition ne manquerait de faire des gorges chaudes devant « ce recul du gouvernement ».

« C'est une connerie, conclut Jeremy Lebouchot, mais quand le vin est tiré, il faut le boire. » Pour rendre plus facile l'adoption du projet, il décida néanmoins de réduire de 20 % à 10 % le « pourcentage légal de français populaire », que les journalistes avaient déjà pris l'habitude de désigner par ses initiales : le PLFP. Au lendemain du Conseil des Ministres, tous les journaux affichaient donc le même titre : « Le PLFP réduit à 10 % ».

⋆

L'ouverture du débat à l'Assemblée nationale fut le jour de gloire de Brice Maréchal. Installé de bonne heure à son bureau, il relut le discours qu'il avait préparé et feuilleta avec délice les journaux du matin, savourant longuement chacun des titres en caractères gras qui portaient son nom : LA LOI MARÉCHAL À L'ASSEMBLÉE *(Les Échos)*, LOI MARÉCHAL : EMPOIGNADES EN PERSPECTIVE *(Le Parisien)*, MARÉCHAL ASSASSINE LA LANGUE FRANÇAISE AU PALAIS-BOURBON *(Le Figaro)*, MARÉCHAL MIXE LES NEWS *(Libération)*. Puis, accompagné de ses collaborateurs et de son officier de police, il parcourut à pied les quelques centaines de mètres qui séparaient son bureau du Palais-Bourbon, affichant ainsi une simplicité fort appréciée des photographes.

En s'asseyant seul au banc du gouvernement, il éprouva une vive satisfaction : une bonne centaine de députés siégeaient dans l'hémicycle, les tribunes du public étaient combles et tous les regards étaient fixés sur lui. Lorsque le Président l'y invita, il gravit en deux bonds l'escalier de la tribune, posa devant lui ses feuillets et attaqua son discours avec le sentiment d'entrer dans l'immortalité : « Monsieur le Président, Mesdames et Messieurs les Députés, nous vivons aujourd'hui une journée historique : celle où la République généreuse comble le fossé de la langue pour mettre fin à la pire des discriminations, la discrimination de la parole. » Il ne fut pas avare de formules à graver dans le marbre du genre : « La mixité culturelle est la plus grande de nos richesses », ou mieux encore : « La complétude de l'effort sociétal en faveur de l'intégration exige d'imposer une plus grande permissivité au niveau de l'expression. » Il railla les forces conservatrices « qui attachent plus d'importance à la pérennité des mots qu'à l'ouverture des esprits ». Il appela à la rescousse Victor Hugo, Jaurès et Anatole France, en ne se privant pas de citer à nouveau le passage qui avait eu tant de succès à la télévision. Il conclut enfin : « En votant cette loi, Mesdames et Messieurs, vous ferez entrer la France dans la pluriculturalité. »

Mais, après cet instant de gloire, le débat fut rude. L'opposition avait décidé de se battre pied à pied pour retarder ce « génocide linguistique ». Toutes les ficelles de la procédure parlementaire furent utilisées : question préalable, exception d'inconstitutionnalité, rappels au règlement, demandes de suspension de séance et surtout dépôt de six cents amendements permettant autant d'interventions interminables. À certains moments du débat, la tension fut extrême, témoin ce violent incident de séance qui éclata lorsque Kevin Montoupet déclara : « Il y en a d'autres qui ont commencé par brûler des livres et l'on sait où cela les a menés. » Indignés, tous les députés de la majorité quittèrent l'hémicycle pour protester, pendant que les huées de l'opposition saluaient leur sortie. On entendit même le cri de « Goebbels ! Goebbels ! » scandé sur quelques bancs. Dans ces conditions, il ne fallut pas moins de quinze jours et quarante-cinq séances pour faire voter un texte de trente articles, mais la majorité tint bon et pas une voix ne lui manqua.

La partie fut encore plus difficile au Sénat, où Maréchal ne parvint pas à éviter le vote de l'amendement Bourderain, qui vidait la loi de son sens. Avec une habileté de vieux renard, le sénateur de la Vézère fit, en effet, remplacer dans le premier article de la loi le mot « minimum » par « maximum ». Le texte ainsi modifié n'imposait donc plus aux journaux un minimum de 10 % de français populaire, mais, tout au contraire, leur interdisait de tolérer plus de 10 % d'incorrections dans leurs colonnes. Au lieu d'être une obligation de laxisme, le fameux PLFP en devenait une exigence de purisme.

Camille Bourderain menait là un combat d'arrière-garde, car la commission mixte rétablit le texte de l'Assemblée et la loi fut bientôt promulguée, telle que l'avait voulue Brice Maréchal :

« Art. 1. – Tout journal, hebdomadaire ou publication périodique doit comporter dans ses pages un minimum de 10 % de français populaire.

« Art. 2. – Par français populaire on entend toute tournure incorrecte.

« Art. 3. – Le pourcentage minimum de 10 % est calculé à partir du nombre de caractères. »

Les vingt-sept articles suivants n'avaient pour objet que de compliquer l'application des trois premiers.

⋆

Hélas, les Français ont le génie de tourner la loi. Les meilleures intentions du monde ne résistent pas à cette indiscipline foncière. Très vite les rédacteurs en chef prirent l'habitude d'accompagner les journaux d'un cahier de quatre pages composé en caractères microscopiques et rédigé dans n'importe quel charabia. Généralement le même texte est reproduit tout au long de l'année. L'obligation légale étant ainsi satisfaite, le reste du journal peut être rédigé en français académique sans enfreindre la loi. Les lecteurs ont d'ailleurs pris l'habitude de jeter ce cahier aussitôt le journal acheté : des corbeilles sont disposées à cet effet à proximité de chaque kiosque, ce qui permet de recycler le papier. Seuls les lecteurs étrangers continuent à s'étonner de cette étrange particularité des journaux français.

C'est ainsi que la loi Maréchal est appliquée à la lettre, mais non pas dans son esprit. Brice Maréchal en est un peu dépité, mais il se console en sachant que son nom est quand même passé à la postérité : dans le jargon d'imprimerie ce cahier à jeter est appelé un « maréchal » et, par extension, on désigne par ce terme tout écrit voué au pilon, tout gadget condamné au rebut, toute nouveauté mort-née.

LE DO DE LA CUILLER

2029

Lorsqu'il accepta de devenir proviseur du lycée Louise-Michel de Bévue-en-Parisis, Placide Paterneau savait qu'il allait exercer un métier à hauts risques. Il suffit qu'un élève se tue en se suspendant à des buts de football mal fixés ou qu'un gamin soit incommodé par la fumée de l'incendie qu'il vient d'allumer pour que le proviseur se retrouve derrière les barreaux. Une sauce tournée à la cantine et le voilà aux assises pour répondre du crime d'empoisonnement. Comparée à sa situation, celle de Damoclès sous sa lourde épée était un havre de sérénité.

En prenant ses fonctions, Placide Paterneau vérifia donc lui-même l'ancrage au sol de tous les buts de football et de tous les poteaux de basket. Il fit placer des carreaux incassables sur toutes les fenêtres, des tapis antidérapants sur tous les planchers et des joints de caoutchouc sur toutes les portes. Il supprima les jeux dans la cour des petits, fit couper les arbres dans la cour des grands et condamna les ascenseurs. Il fit procéder à des analyses quotidiennes des plats de la cantine par un laboratoire agréé. Il fit repeindre les salles de classe avec une peinture ne contenant aucune matière toxique et remplaça tous les tableaux noirs par des tableaux blancs pour feutres, afin de prévenir d'éventuelles allergies à la poussière de craie. Ces précautions prises, il respira mieux. Mais il n'avait pas pensé qu'il se retrouverait sur le banc des accusés parce qu'un de ses élèves serait recalé au bac.

Dylan Rabouillet était considéré comme un élève plutôt calme : mises à part quelques menaces, purement verbales, envers des professeurs et une gifle à un surveillant, on ne pouvait guère lui reprocher d'actes d'incivilité. Présent à un cours sur deux, il faisait preuve d'une assiduité moyenne. Il avait donc toutes les chances d'obtenir le baccalauréat.

Bien que 99 % des candidats fussent reçus chaque année, l'obtention du bac n'était cependant jamais acquise. Le niveau exigé restait élevé : tous les bacheliers devaient savoir lire, écrire et se servir d'une calculette. En outre, le maintien de l'histoire-géographie comme épreuve à option avec un coefficient 4 manifestait un attachement à la « culture humaniste ». Quelques esprits chagrins pouvaient bien parler de « déclin qualitatif » depuis que la dissertation de philosophie avait été remplacée par un Questionnaire à Choix multiples (QCM) de culture générale, l'épreuve n'en restait pas moins ardue. Témoins ces deux questions du bac de 2028 qui impliquaient de solides connaissances de l'histoire ancienne :

Quel est l'auteur des *Misérables* ?

1 – Émile Zola
2 – Marcel Proust
3 – Victor Hugo
4 – Honoré de Balzac

Pasteur était-il...

1 – Un maréchal de Napoléon ?
2 – Un savant ?
3 – Un écrivain ?
4 – Un vainqueur du tour de France ?

Certes, toutes les questions n'étaient pas aussi difficiles ; la plupart portaient sur la culture contemporaine (animateurs de télé, joueurs de foot, musiciens etc.), mais les seuls exemples cités suffisaient à réduire à néant l'accusation de baisse de niveau. La transformation de la dissertation de français en une dictée de six lignes n'avait rien non plus d'une réforme laxiste : au contraire, elle manifestait une plus forte exigence en matière d'orthographe. À partir de quarante fautes la note devenait éliminatoire. Aussi la dictée constituait-elle l'épreuve la plus redoutée des candidats.

C'est elle d'ailleurs qui fit trébucher Dylan Rabouillet. Les excellentes notes qu'il avait obtenues dans les options de rap et de planche à roulettes, dotées d'un coefficient 4, auraient dû lui permettre de compenser des résultats médiocres dans les épreuves obligatoires de maths, physique et anglais. Il lui suffisait d'obtenir un 2 en dictée pour être admis. Hélas, il fit 41 fautes ; d'où un zéro éliminatoire. Le texte était, il est vrai, particulièrement difficile : un extrait de *Malaussène : le retour* de Daniel Pennac [1], un auteur fin de siècle qui n'est pas à la portée du premier venu. Le passage choisi comportait plusieurs mots qui, bien qu'ils ne pussent être considérés comme d'un usage habituel, n'avaient pas été exclus du décompte des fautes : les syndicats d'enseignants, qui demandaient depuis quatre ans qu'on épelât les mots difficiles lors des dictées, n'avaient pas encore obtenu satisfaction.

À la suite de cet échec, Dylan Rabouillet déposa une plainte contre le proviseur du lycée Louise-Michel pour « insuffisance dans la mise en œuvre des moyens permettant à chaque citoyen d'exercer son droit à l'éducation ». Certes, il aurait pu se contenter de mettre en cause devant le tribunal administratif les insuffisances de l'Éducation nationale, mais, judicieusement conseillé par Maître Florentin, ténor du barreau de Bobigny, il déposa plainte au pénal auprès du procureur de la

1. Éditions Gallimard, 2010.

République, en estimant que le proviseur devait répondre d'un délit de « non-assistance à élève en danger ». Sans le bac il était impossible, en effet, de trouver un emploi, fût-ce celui de technicien de surface, aussi la vie de Rabouillet se trouvait-elle gâchée par la négligence de Placide Paterneau, qui s'était montré incapable de lui apporter le soutien pédagogique nécessaire.

Le procureur de Bobigny fit diligence : perquisition au lycée, saisie des comptes rendus du conseil de classe, garde à vue du proviseur et transmission immédiate du procès-verbal d'audition au *Monde* pour publication.

⋆

Rien de tel pour donner un peu d'animation à un tribunal qu'une affaire dont parle la presse. La salle de la première chambre correctionnelle du tribunal de Bobigny était pleine : de nombreux camarades de Rabouillet avaient tenu à lui manifester leur solidarité. Des représentants des syndicats d'enseignants, un peu engoncés dans leur jogging du dimanche, étaient également présents sur les bancs du public.

Après le long exposé d'un expert-psychiatre, chargé d'évaluer les dommages psychologiques que cet échec au bac avait entraînés chez le jeune Rabouillet, l'audition des témoins de la partie civile réveilla l'attention. Djamel Boukahia, éducateur dans la cité des Coquelicots à Bévue-en-Parisis, considérait Rabouillet comme un « élément calme, jouant un rôle positif parmi les jeunes de la cité ». Plusieurs camarades de classe dépeignirent Rabouillet comme un garçon paisible, plutôt respectueux des professeurs et n'utilisant que des drogues douces : « Plus tranquille, tu meurs », résuma le jeune Kevin en s'adressant au président. Mais l'instant d'émotion de ce procès fut sans conteste l'audition de l'élève Rabouillet lui-même. Il était clair que son échec avait été un choc profond dont il se relèverait difficilement. S'il avait déposé plainte, ce n'était donc pas pour lui, mais pour éviter qu'à l'avenir d'autres élèves pussent subir ce qu'il avait subi. « Plus jamais ça ! » conclut-il.

Curieusement, la défense n'avait cité qu'un seul témoin : les professeurs du lycée Louise-Michel craignaient-ils, comme le supposèrent certains journalistes, des représailles s'ils venaient témoigner contre Rabouillet ? Seul Yves Lekoeff, professeur de mathématiques du candidat malheureux, vint à la barre, où son arrivée fut saluée par les sifflements du public. Le président dut hausser la voix pour rétablir le calme. Le professeur osait considérer l'élève Rabouillet comme un « cancre indécrottable ». « Il n'y a rien à en tirer, précisa le témoin. Lorsque, par le plus grand des hasards, il est présent en classe, sa seule activité consiste à faire rire ses camarades par ses pitreries. » Mais ce langage excessif (pourquoi parler de « cancre » et non, tout simplement, d'apprenant en voie d'amélioration ?) ne produisit pas une bonne impression ; pas plus que la manie obsessionnelle du professeur de vouloir obtenir de ses élèves des résultats exacts aux exercices, au lieu de rechercher simplement leur compréhension. Il semblait malhabile, de la part de la défense, d'avoir fait appel à cet enseignant d'un autre temps.

La seconde journée du procès fut celle du réquisitoire et des plaidoiries. Maître Florentin, avocat de la partie civile, rappela les difficultés scolaires de Rabouillet. Ses mauvaises notes auraient dû attirer l'attention et entraîner la mise en place urgente d'un soutien scolaire. Au lieu de cela, le proviseur s'était borné à enregistrer ses absences, sans voir qu'elles étaient de véritables appels au secours de la part de cet apprenant en voie d'amélioration. Le chef d'établissement avait donc manqué à son devoir : assurer à chaque élève le droit à l'éducation garanti par le préambule de la Constitution. L'avocat peignit ensuite l'avenir brisé de Rabouillet. Il avait rêvé de devenir disc-jockey ou videur dans une boîte de nuit : ces professions lui étaient désormais fermées, tandis que le choc moral entraîné par son échec l'obligerait pendant de longues années encore à avoir recours aux services des psychothérapeutes.

Le procureur, après avoir rappelé la carrière exemplaire de Placide Paterneau, titulaire des

Palmes académiques, se tourna sévèrement vers le présumé innocent : « Parce qu'elle vous donne en exemple à tous, cette haute distinction oblige la Justice à plus d'exigence à votre égard. » Et, s'étonnant que Paterneau n'ait pas eu le moindre mot de repentance depuis le début du procès, il réclama six mois de prison avec sursis.

Quand Maître Bonnart, défenseur du proviseur, prit la parole, personne ne pensait plus que son client pourrait échapper à une condamnation. C'est alors que l'avocat brandit la copie de la dictée de Rabouillet, laquelle figurait dans le dossier de l'accusation, et fit observer que le correcteur avait compté trois fautes qui n'en étaient pas. Stupeur dans le prétoire ! Après un temps de silence théâtral, Maître Bonnart développa son affirmation : « Dans la phrase “Les tagueurs balèzes n'y étaient pas allés avec le dos de la cuillère”, que M. Rabouillet a orthographiée “Les taggers balès ni été pas alé avec le do de la cuiller”, le correcteur a compté sept fautes au lieu de quatre, soit trois fautes de trop. »

On aurait pu entendre une mouche voler dans la salle : « Daniel Pennac avait certes écrit “tagueurs”, poursuivit l'avocat, mais, n'en déplaise à la commission de francisation, l'orthographe initiale de ce mot emprunté à l'anglais pour désigner des artistes reste pratiquée, alors que l'orthographe à la française imaginée par elle est encore d'un emploi rare et conserve une connotation un peu précieuse, voire ridicule. Il n'y avait donc aucune raison de sanctionner M. Rabouillet pour s'être rallié à l'usage courant. Pennac avait ensuite orthographié " balèze " l'adjectif appliqué aux artistes. Or ce mot, qui vient du provençal " balès " et signifie " grand et fort ", accepte, selon le Robert, deux orthographes, l'une des deux – la plus ancienne – étant celle spontanément adoptée par le candidat. Enfin, si l'auteur éminent dont l'œuvre a servi de dictée a choisi d'écrire " cuillère " pour désigner un ustensile de table, alors que le dictionnaire de l'Académie admet deux orthographes, on ne saurait reprocher à M. Rabouillet d'avoir choisi la seconde : " cuiller ". Elle aussi est parfaitement correcte.

« Voilà donc trois fautes injustement sanctionnées, conclut Maître Bonnart. L'erreur est manifeste. M. Rabouillet aurait dû obtenir la note 2 à sa dictée, au lieu du zéro éliminatoire, et être reçu à son examen. Il lui appartient de présenter un recours auprès des autorités académiques, qui lui donneront sans nul doute satisfaction. M. Rabouillet ayant ainsi mérité la qualité de bachelier grâce à l'enseignement qui lui a été dispensé au lycée Louise-Michel, la plainte déposée contre mon client n'a plus d'objet. Je sollicite le non-lieu. »

Un brouhaha emplit le prétoire. Le président, pris au dépourvu, ne savait quel parti prendre. « Tagueurs » ou « taggers » ? « Balèze » ou « balès » ?

« Cuillère » ou « cuiller » ? Il y avait belle lurette que l'orthographe n'était plus le point fort des juristes. Il décida donc d'une suspension de séance pour permettre à la cour de consulter un dictionnaire. Deux heures plus tard les juges décidèrent de poser à l'Académie française une « question préjudicielle » avant de trancher au fond.

Après quatre réunions du jeudi, fort animées, l'Académie fit savoir au tribunal que l'analyse de Maître Bonnart était pleinement justifiée. Placide Paterneau bénéficia donc d'un non-lieu et Dylan Rabouillet, enfin bachelier, put entreprendre la brillante carrière de videur dont il rêvait. Le Grand Robert ainsi que la dernière édition du Littré font désormais figurer au mot « tagueur », non seulement l'orthographe voulue par la commission de francisation, mais celle maintenue par Dylan Rabouillet avec citation à l'appui : « Les taggers balès n'y étaient pas allés avec le dos de la cuiller » (Dylan Rabouillet).

LES MOUSTIQUES DE PISSEVACHES

Le Monde, 12 mars 2030

RÉINTRODUCTION DE MOUSTIQUES
SUR LA CÔTE LANGUEDOCIENNE

« Stéphanie Cocherelle, ministre de l'Environnement, vient d'annoncer une expérience originale, qui suscite un vif intérêt dans les milieux écologiques : il s'agit rien moins que de réintroduire des moustiques sur la côte du Languedoc.

« Au cours de la conférence de presse consacrée à la présentation de cette opération, la ministre a rappelé que les moustiques, aujourd'hui totalement disparus de notre pays, étaient, il y a un demi-siècle encore, une espèce très répandue en France, plus particulièrement dans les zones humides. Mais nos aïeux, les considérant comme nuisibles, leur ont fait une chasse sans pitié qui entraîna leur disparition totale dans les premières années du XXIe siècle.

« Il y a là un appauvrissement regrettable de la

faune de nos campagnes, qui nuit à l'équilibre biologique, car les moustiques jouaient un rôle utile en fournissant une nourriture de choix aux poissons et aux oiseaux. Certains ornithologues établissent même un lien entre la disparition du moustique et la raréfaction inquiétante de la bergeronnette à queue cendrée. La ministre a aussi insisté sur l'appauvrissement culturel entraîné par cette disparition, car " la relation entre l'homme et le moustique fait partie de notre patrimoine national ". Depuis la nuit des temps les habitants de nos campagnes et les moustiques avaient l'habitude de cohabiter. L'homme utilisait différents moyens pour se protéger des piqûres, comme la moustiquaire et des parfums dont l'odeur éloignait l'insecte. Avec une érudition qui provoqua des sourires, la ministre cita même un passage de Proust décrivant la duchesse de Guermantes s'enduisant les bras et le cou de citronnelle, un soir d'été. L'homme s'efforçait également de tuer les moustiques par différentes méthodes : tapettes, papier tue-mouches et pièges de toutes sortes. Ces méthodes, quoique cruelles, ne menaçaient pas une espèce prolifique dont les capacités de reproduction compensaient aisément la perte de quelques individus. L'apparition au XXe siècle des insecticides rompit cet équilibre. D'abord utilisés dans des bombes individuelles, ces produits chimiques furent primitivement regardés comme un moyen d'accroître l'efficacité de la chasse traditionnelle. Mais de nouvelles méthodes d'épandage, notamment par hélicoptère, ne tardèrent pas à transformer la chasse aux moustiques en une véritable guerre chimique, une guerre d'extermination. Un des premiers épisodes fut l'éradication totale des moustiques de la côte du Languedoc-Roussillon, où de nombreux étangs leur offraient un habitat propice. Dans les années 1960, ces étangs furent systématiquement aspergés de produits toxiques, car la présence des moustiques était susceptible de nuire au succès de la vaste opération d'aménagement touristique qui se préparait. Une espèce animale fut ainsi ouvertement sacrifiée à la spéculation immobilière.

« Revanche de l'histoire, c'est précisément la côte languedocienne qui a été choisie pour réintroduire le moustique dans notre pays. Le comité scientifique chargé de superviser l'opération a estimé que les étangs subsistant sur cette côte fournissaient un milieu particulièrement bien adapté à la vie des moustiques et à leur reproduction. Après deux ans d'études c'est finalement l'étang de Pissevaches, situé sur la côte du département de l'Aude, à proximité de la limite avec l'Hérault, qui a été désigné pour être le théâtre d'une première expérience. Trois moustiques – deux mâles et une femelle – seront capturés dans la forêt gabonaise, transportés par avion spécial à Montpellier et, de là, acheminés par la route jusqu'aux rives de l'étang de Pissevaches, où ils retrouveront leur liberté. La rapidité d'exécution sera la clé de la réussite, car un moustique ne vit en moyenne que trois jours : durant cette brève existence la femelle est fécondée, pond des larves et meurt.

« L'opération aura lieu dans les premiers jours de juin, car la chaleur est nécessaire à la parfaite acclimatation des moustiques, surtout lorsqu'ils sont originaires du Gabon. Une équipe de quinze scientifiques sera chargée de veiller au bon déroulement de l'expérience et surtout de l'observer. Elle sera composée de zoologistes et de botanistes, mais aussi de sociologues et de psychosociologues, car un des buts de l'expérience est d'étudier la manière dont la réintroduction du moustique sera vécue par les populations des villages environnants et des stations balnéaires voisines. En outre, une vingtaine de gardes sera chargée de surveiller les rives de l'étang, afin d'éloigner les curieux et de préserver la tranquillité de leurs nouveaux hôtes. »

La Dépêche du Midi, 9 juin 2030

TROIS MOUSTIQUES
LÂCHÉS SUR L'ÉTANG DE PISSEVACHES

« Les trois moustiques capturés dans la forêt gabonaise par l'équipe du professeur Cousin sont arrivés hier matin à l'aérodrome de Montpellier-Fréjorgues. Ils étaient enfermés dans trois fioles de verre placées dans une valise isotherme aménagée spécialement à cet effet. Le précieux chargement n'a pas quitté le professeur durant tout le voyage. Par une amusante allusion à un film de François Truffaut, qui fut au XXe siècle un des maîtres du cinéma en deux dimensions, les deux mâles ont reçu les noms de "Jules" et "Jim". La femelle se nomme, bien évidemment, "Catherine". Tous trois, au dire des experts, sont de magnifiques culicides. Catherine, en particulier, est dotée d'une trompe impressionnante.

« Le professeur et ses pensionnaires ont été accueillis à la descente de l'avion par Stéphanie Cocherelle, ministre de l'Environnement, entourée du préfet de la région Languedoc-Roussillon et de l'ambassadeur du Gabon. Négligeant les voitures officielles, le professeur portant sa valise isotherme prit place sans perdre de temps dans la camionnette-laboratoire de l'équipe de suivi. Puis, escortés de motards de la gendarmerie, les neuf véhicules du cortège prirent la route de l'étang de Pissevaches, qu'ils atteignirent à 10 heures 45. Le préfet de l'Aude, le sous-préfet de Narbonne, plusieurs parlementaires et une petite foule de curieux y attendaient l'arrivée des moustiques.

« Honneur aux dames : Catherine fut choisie pour être libérée la première par la main de la ministre. Celle-ci eut cependant du mal à déboucher la fiole et le professeur Cousin dut venir à son aide. Conjuguant galanterie et professionnalisme, il fit glisser le bouchon avec précaution, sans toutefois l'ôter complètement. Stéphanie Cocherelle put donc libérer la moustique, qui prit aussitôt son envol sous les applaudissements et disparut en une seconde. Le professeur Cousin entreprit ensuite de déboucher la fiole de Jules, qui, contrairement à sa compagne, resta obstinément au fond du récipient de verre. L'éminent zoologiste dut renverser la fiole et tapoter celle-ci pour que le paresseux moustique se décide enfin à suivre le même chemin que Catherine. En revanche, Jim ne se fit pas prier et, aussitôt le bouchon ôté, disparut en un éclair avec un " Bzzz… " qui ravit l'assistance.

« Nous souhaitons donc un heureux séjour sur notre belle côte languedocienne à ces trois sympathiques moustiques venus du lointain Gabon. Mais il ne leur reste que trente-six heures de vie pour filer le parfait amour ! »

La Dépêche du Midi, 13 juin 2030

DES LARVES DE MOUSTIQUES
SUR L'ÉTANG DE PISSEVACHES

« Jules et Jim se sont comportés vaillamment, ou du moins l'un des deux. L'équipe du professeur Cousin a découvert un groupe de larves de moustiques au milieu des roseaux de l'étang de Pissevaches, ce qui laisse bien augurer de la réussite de l'expérience de réintroduction des moustiques sur la côte languedocienne.

« Le professeur Cousin ne cachait pas sa satisfaction lors de la conférence de presse qu'il a tenue hier au siège de l'équipe de suivi à Narbonne. Elle a été l'occasion d'apporter des précisions sur le dispositif mis en place pour l'observation de l'expérience. Il avait été envisagé initialement de munir les trois moustiques d'une balise radio permettant de les localiser à tout moment, mais il a fallu y renoncer, car, malgré les progrès de la miniaturisation qui permettent de fabriquer des balises de la taille d'une tête d'épingle, celles-ci auraient néanmoins été trop grosses et auraient risqué d'entraver le vol et les ébats amoureux des trois insectes. L'équipe de suivi a donc été obligée d'avoir recours à des moyens plus traditionnels pour recueillir des informations sur ses protégés : munis de bottes d'égoutier et de loupes, les zoologistes ont parcouru les roseaux qui bordent l'étang de Pissevaches. Leurs efforts n'ont pas été vains, puisqu'ils ont découvert ce groupe de larves, gage de réussite, dont l'évolution va être maintenant observée à l'aide de microscopes. »

Libération, 19 juillet 2030

UN MOUSTIQUE TUÉ
SUR LA CÔTE LANGUEDOCIENNE

« “ C’est un acte imbécile ”, a déclaré Alexandre Ducrin-Bonbourg, président de la Ligue de Protection des Insectes, en apprenant qu’un des moustiques réintroduit à grands frais sur l’étang de Pissevaches avait été tué par un habitant de Saint-Pierre-sur-Mer, petit village situé à deux kilomètres de l’étang. La mort de ce moustique soulève la plus vive émotion dans les milieux écologiques, où l’on se passionne pour cette tentative de réintroduction en France d’une espèce disparue depuis près de vingt ans de nos marais et le nos étangs.

« Une enquête rapidement menée par la gendarmerie permet de connaître les circonstances exactes de la mort du moustique. Avant-hier soir, Vincent Boutarol, 69 ans, viticulteur à la retraite, prenait un pastis avec des amis à la terrasse du Café des Platanes, lorsqu’il fut importuné par le vol d’un moustique qui tournait autour de lui. Le culicide s’étant posé sur son avant-bras gauche avec l’intention probable (mais non vérifiée) de le piquer, le retraité se donna une grande tape sur l’avant-bras, tuant net l’animal.

« Vincent Boutarol a expliqué aux gendarmes qu’il était en état de légitime défense. “ Cette explication ne tient pas, objecte Alexandre

Ducrin-Bonbourg, car la notion de légitime défense implique que les moyens de défense soient proportionnés à la menace, or il n'y a aucune commune mesure entre la mort d'un animal protégé et la légère piqûre qu'aurait pu subir M. Boutarol." Selon les témoignages de plusieurs consommateurs, il y aurait même eu préméditation : en effet, Vincent Boutarol se serait écrié "Tu vas voir, sale bête !" plusieurs secondes avant d'appliquer la tape mortelle. Le procureur de Carcassonne a été saisi.

« Heureusement le geste de l'irascible retraité ne compromet pas le succès de l'expérience de réintroduction des moustiques. Le professeur Cousin reste résolument optimiste, car depuis l'envol de Jules, Jim et Catherine, plusieurs générations de moustiques se sont déjà succédé sur l'étang de Pissevaches. Dès à présent plusieurs dizaines de femelles adultes et de très nombreuses larves laissent bien augurer de l'avenir des moustiques sur la côte du Languedoc-Roussillon. »

Le Monde, 30 juillet 2030

MOUSTIQUES DU LANGUEDOC :
SUCCÈS DE L'EXPÉRIENCE

« Au cours de sa conférence de presse hebdomadaire, le professeur Cousin a dressé un bilan très satisfaisant de l'opération de réintroduction des moustiques sur la côte languedocienne. “ La réacclimatation est parfaite, a-t-il précisé, et l’on peut parler de réussite complète.” À la fin juillet, la population des moustiques de l’étang de Pissevaches est évaluée à plusieurs centaines d’individus adultes et l’abondance des larves à la surface de l’eau permet d’espérer que, d’ici la fin de l’été, l’étang sera devenu la plus grande réserve naturelle de moustiques d’Europe, avant même la Calabre, où l’espèce est désormais menacée par une chasse inconsidérée.

« En réponse à la question d’un journaliste, le professeur a répondu que l’étang de Pissevaches avait été choisi, de préférence à d’autres étangs de la côte du Languedoc, en raison de son éloignement des zones urbaines. La présence d’une réserve naturelle de moustiques ne saurait donc avoir d’inconvénients pour les villes et les stations balnéaires de la région. “ Je vous rappelle, a précisé le professeur, que l’étang de Pissevaches est situé à plus de six kilomètres de Narbonne-Plage.” »

La Dépêche du Midi, 10 août 2030

MOUSTIQUES DE PISSEVACHES :
PROTESTATIONS D’ESTIVANTS

« De nombreux estivants de Narbonne-Plage se plaignent de la présence de moustiques. Cette petite station balnéaire est située à six kilomètres de l'étang de Pissevaches et il est clair que certains des moustiques de la réserve n'ont pas hésité à faire le voyage pour s'alimenter en sang frais. Les chairs dénudées des enfants et des baigneuses leur servent de garde-manger.

« La pharmacie locale a été littéralement dévalisée. Son stock de pommades contre les piqûres a été épuisé en une demi-journée et n'a pas encore pu être renouvelé, car de tels produits sont d'un emploi très rare et leur fabrication est réduite. Les patrons de restaurants et de bars sont furieux, car bon nombre de leurs clients sont allés chercher la tranquillité sur les plages de Gruissan.

« L'expérience de réintroduction des moustiques sur la côte languedocienne aurait-elle trop bien réussi ? »

La Dépêche du Midi, 12 août 2030

DU « BAYGON » SAISI PAR LES GENDARMES

« Au cours d'un barrage de nuit inopiné sur la route départementale 1118, entre Fleury et Saint-Pierre-sur-Mer, les gendarmes de la brigade de Coursan ont mis la main sur un butin auquel ils ne s'attendaient pas. Alors qu'ils recherchaient des voleurs de voitures, ils ont découvert dans le coffre d'une automobile trois bombes de "Baygon". L'utilisation de ce puissant insecticide est bien évidemment interdite depuis la loi sur les insectes menacés du 8 janvier 2015. Un procès-verbal a été dressé, les bombes et le véhicule ont été saisis, mais les occupants de la voiture ont été laissés en liberté.

« De toute évidence les habitants de Saint-Pierre-sur-Mer et de Narbonne-Plage sont maintenant exaspérés par la présence de nombreux moustiques. Ils cherchent à s'en protéger par tous les moyens. Même s'ils ne l'avouent pas aux étrangers, il est clair que plusieurs d'entre eux ont recours à ce qu'on appelle ici " la méthode Boutarol ". L'utilisation clandestine de vieilles bombes de " Baygon " et de " Fly-Tox ", que leur vétusté rend dangereuses, marque un nouveau degré dans l'escalade. Sans approuver l'utilisation de moyens proscrits par la loi, nous sommes néanmoins obligés d'interroger Mme Cocherelle sur les mesures qu'elle envisage, car la protection des paisibles estivants de la côte languedocienne est un objectif tout aussi légitime que celle d'une espèce animale menacée. »

La Dépêche du Midi, 14 août 2030

RÉUNION AGITÉE À LA SOUS-PRÉFECTURE

« M. Voujeau, sous-préfet de Narbonne, avait organisé lundi matin à la sous-préfecture une réunion des maires des communes du littoral et des représentants des commerçants, tous préoccupés par l'invasion des moustiques. Étaient également présents le directeur départemental de l'Agriculture, le directeur de la DDASS et le professeur Cousin, chef de l'équipe de suivi de l'opération de l'étang de Pissevaches.

« Le sous-préfet commença par rappeler le caractère d'intérêt national de la réserve naturelle de moustiques récemment créée sur l'étang de Pissevaches, mais affirma également son souci de mettre en œuvre tous les moyens légaux pour protéger des moustiques les habitants des communes voisines. Le recours aux insecticides sera par contre réprimé sans faiblesse.

« Il donna ensuite la parole au professeur Cousin. Celui-ci déclara avoir été surpris par les brises du nord, très inhabituelles en cette saison, qui avaient favorisé la propagation des moustiques vers le sud. Heureusement la météo laisse prévoir un renversement du sens des vents au cours de la seconde quinzaine du mois d'août, ce qui devrait aider à repousser les moustiques vers l'Hérault. À plus long terme, il place son espoir dans les travaux d'un laboratoire de Montpellier qui cherche à mettre au point des méthodes de contraception adaptées aux moustiques, afin d'éviter une reproduction trop rapide. “ Mais, ajouta-t-il, on ne peut espérer que ces recherches débouchent avant deux ou trois ans.”

« Cette phrase déclencha la colère du maire de Saint-Pierre-sur-Mer, qui n'a pas l'habitude d'avoir sa langue dans sa poche : “ Y en a marre de toutes vos conneries ! Plutôt que de leur couper le zizi à vos moustiques, vous feriez mieux de les écraser. Si ça ne dépendait que de moi, j'aspergerais d'insecticide l'étang de Pissevaches. Nos ancêtres ne se sont pas gênés en 1960 et ils avaient bien raison ! " Cette bouillante intervention provoqua la plus grande confusion. Le professeur Cousin menaça de quitter la réunion, mais le sous-préfet parvint à rétablir le calme en invitant l'éminent spécialiste à aborder des dispositions aux effets plus immédiats. Celui-ci évoqua alors le recours possible à des moustiquaires et à la citronnelle. Malheureusement ces produits ont disparu depuis longtemps du marché français du fait de l'absence de demande et relancer leur fabrication prendra un peu de temps.

« Le sous-préfet ne parvint à apaiser les maires et les commerçants qu'en leur promettant de saisir immédiatement la ministre de l'Environnement du problème. »

Le Figaro, 18 août 2030

MOUSTIQUES DU LANGUEDOC :
CONFÉRENCE DE PRESSE
DE STÉPHANIE COCHERELLE

« Heureusement que les moustiques de la côte languedocienne viennent mettre un peu de piquant dans l'actualité estivale, traditionnellement pauvre en événements ! Les journalistes ne se sont pas privés de tirer parti de l'aubaine pour remplir les écrans de télévision, les colonnes des quotidiens et les couvertures des hebdomadaires. Plus un Français n'ignore l'étang de Pissevaches. Hier soir, au journal de 20 heures de TF 1, quinze minutes ont été consacrées à ce sujet providentiel. La ministre de l'Environnement a jugé que l'affaire avait pris une importance suffisante pour interrompre ses vacances à la Martinique : elle a tenu hier après-midi une conférence de presse dans une salle de son ministère. Le professeur Cousin était à ses côtés et l'on remarquait dans l'assistance Alexandre Ducrin-Bonbourg, président de la Ligue de Protection des Insectes.

« Bronzée et détendue, Stéphanie Cocherelle a su inspirer confiance à son auditoire en faisant preuve d'une parfaite maîtrise du dossier. La ministre a annoncé que les pommades contre les piqûres de moustiques seraient remboursées à 100 % par la Sécurité sociale. En outre un stock de moustiquaires achetées au Gabon et au Cameroun sera prochainement distribué gratuitement aux populations locales. Il en sera de même pour de la citronnelle, également achetée en Afrique. “En faisant ainsi jouer la solidarité nationale, a souligné la ministre, le gouvernement entend que la réintroduction des moustiques sur la côte languedocienne n'ait pas de conséquence financière pour les populations directement concernées. Il n'est pas question, en effet, qu'elles aient à supporter seules les conséquences de l'enrichissement du biotope." En revanche, la ministre se montre déterminée à faire appliquer la loi du 8 janvier 2015 sur la protection des insectes menacés : les insecticides ne seront pas tolérés. »

Le Monde, 19 août 2030

OUI À LA MOUSTIQUAIRE,
NON AU MASSACRE !

Extraits d'une tribune libre
d'Alexandre Ducrin-Bonbourg,
président de la Ligue de Protection des Insectes

… « Les vociférations de quelques excités sont inquiétantes. Ils réclament à grands cris le recours aux insecticides et le massacre des moustiques, comme aux pires moments de l'aménagement touristique du Languedoc-Roussillon. Or il est à craindre que des populations mal informées et agacées par la présence de quelques moustiques ne prêtent une oreille trop attentive à des discours dont la violence fait peur.

« Dans de telles circonstances nous ne pouvons que nous féliciter de l'attitude de la ministre de l'Environnement qui s'est montrée déterminée à ne pas céder à la démagogie et a tenu un discours de sagesse. Des pommades, de la citronnelle et des moustiquaires seront distribuées à la population, mais l'usage des insecticides reste prohibé et ceux qui seraient tentés d'y avoir recours s'exposent à de lourdes sanctions.

« La détermination de la ministre à appliquer la loi nous rassure. Mais elle n'est pas suffisante : il faut aussi expliquer la loi aux habitants de la côte languedocienne. Il faut qu'ils sachent que les piqûres de moustiques n'ont jamais fait de mal à personne et que la présence de ces insectes est indispensable à l'équilibre du biotope. La pédagogie doit vaincre la zoophobie. »

Le Figaro, 19 août 2030

UN CAS DE MALARIA À NARBONNE-PLAGE

« On signale un cas de malaria à Narbonne-Plage, sur la côte de l'Aude. La malaria ou paludisme est une maladie infectieuse qui avait totalement disparu de France depuis plus d'un demi-siècle. Tous les cas recensés au XXe siècle avaient pour origine un séjour dans des pays tropicaux et, depuis, une vaccination systématique les avait fait disparaître. La maladie se caractérise par de forts accès de fièvre et des sueurs abondantes. Mal soignée, elle peut être mortelle. Son parasite est inoculé à l'homme par les piqûres d'un moustique : l'anophèle. Il est donc hautement probable que les moustiques de souche gabonaise récemment introduits sur l'étang de Pissevaches sont à l'origine de la contamination. »

La Dépêche du Midi, 21 août 2030

DOUZE NOUVEAUX CAS DE MALARIA
À NARBONNE-PLAGE

« On parle maintenant d'épidémie de malaria à Narbonne-Plage. Douze nouveaux cas se sont déclarés dans la station balnéaire et dans le petit village de Saint-Pierre-sur-Mer, voisin de l'étang de Pissevaches. D'abord hospitalisés à Narbonne, les malades ont été transférés au CHU de Montpellier. La résurgence de cette maladie totalement disparue d'Europe depuis près d'un demi-siècle déconcerte les médecins, qui en sont réduits à consulter de vieux manuels de médecine tropicale. De l'avis de tous les spécialistes, le rôle des moustiques de l'étang de Pissevaches dans la transmission de l'infection semble certain. Voilà qui risque d'être fort embarrassant pour les promoteurs d'une expérience de réacclimatation trop bien réussie.

« La présence de moustiques a été signalée à Gruissan, ce qui n'est pas sans inquiéter la population de cette station balnéaire entourée d'étangs. »

Le Monde, 28 août 2030

MALARIA : ÉMOTION À NARBONNE

« L'annonce, mardi dernier, du décès au CHU de Montpellier d'un des malades atteints de malaria a déclenché une importante manifestation à Narbonne. Dix mille personnes selon les organisateurs (cinq mille selon la police) s'étaient rassemblées devant la sous-préfecture, parmi lesquelles de nombreux élus ceints de leur écharpe tricolore. Vincent Boutarol y fut acclamé par la foule. Puis celle-ci scanda " Cocherelle – Démission ! " et " Cousin – Assassin ! " Tout ceci traduit l'exaspération d'une population, qui n'hésite plus à utiliser ouvertement des bombes d'insecticide importées frauduleusement d'Afrique équatoriale.

« C'est maintenant par centaines que se comptent les cas de malaria, non seulement à Narbonne-Plage et à Saint-Pierre-sur-Mer, mais aussi à Gruissan et même à Narbonne. Les dimensions prises par l'épidémie amènent à jeter un regard nouveau sur l'opération de réintroduction des moustiques sur la côte languedocienne, qui, à la lumière des récents événements, paraît avoir été conduite avec imprudence.

« L'opposition ne s'est pas privée d'exploiter une affaire dont le retentissement est maintenant immense. Plusieurs de ses leaders et non des moindres, comme Camille Bourderain et Kevin Montoupet, ont profité des traditionnelles universités d'été pour critiquer violemment le gouvernement, parlant d'" apprentis-sorciers " et invitant à " préférer la santé des Français à celle des moustiques ". »

Le Monde, 4 septembre 2030

MOUSTIQUES DU LANGUEDOC : INTERPELLATION AU PALAIS-BOURBON

« L'épidémie de malaria provoquée dans l'Aude par les moustiques de l'étang de Pissevaches est devenue une affaire d'État et domine la rentrée parlementaire. Mercredi après-midi, au cours de la traditionnelle séance des questions au gouvernement, le Premier Ministre a répondu lui-même à une question posée par Marcel Tapenade, député de Narbonne. Jeremy Lebouchot a tenu tout d'abord à dénoncer " l'exploitation politicienne " de cette douloureuse situation et à assurer les populations languedociennes de sa sympathie. Tous les moyens médicaux seront mis en œuvre pour soigner les malades. Le Premier Ministre s'est efforcé ensuite de préserver un équilibre subtil entre la nécessité de répondre à l'inquiétude de l'opinion et celle de maintenir la cohérence de sa majorité, où les Verts représentent une force indispensable. Pour ménager ses alliés, le Premier

Ministre refuse d'envisager le recours aux insecticides que l'opposition réclame à grands cris. Mais l'autorisation, “dans un certain nombre de circonstances énumérées limitativement par la loi”, de tuer des moustiques en leur assénant des tapes est une indéniable concession à tous ceux qui, de plus en plus nombreux, sont effrayés par la progression de l'épidémie de malaria. Le gouvernement déposera dans les prochains jours sur le bureau de l'Assemblée nationale un projet de loi portant révision de la loi du 8 janvier 2015 sur les insectes menacés. Il pourrait écarter les anophèles de la liste des espèces protégées. »

Le Parisien, le 8 octobre 2030

UNE PLAINTE DÉPOSÉE
CONTRE STÉPHANIE COCHERELLE

« Une association des victimes de la malaria vient d'être constituée. Son siège est à Narbonne. Elle a déposé hier une plainte auprès du procureur de Carcassonne contre Stéphanie Cocherelle, ministre de l'Environnement, et le professeur Cousin. En capturant une anophèle porteuse de malaria dans la forêt gabonaise, ce dernier aurait commis une faute professionnelle grave.

« Si cette plainte était suivie d'une mise en examen, la ministre pourrait être amenée à donner sa démission du gouvernement. »

Le Monde, 12 octobre 2030

LOI SUR LA PROTECTION DES INSECTES :
ADOPTION DE L'AMENDEMENT TAPENADE

« C'est finalement par 420 voix contre 62 et 5 abstentions que l'amendement Tapenade – dit aussi “ amendement anti-moustiques ” – a été adopté ce matin à trois heures par l'Assemblée nationale à l'issue d'un long débat. Majorité et opposition se sont finalement rejointes pour légaliser à nouveau l'usage des insecticides. Seuls les députés Verts ont voté contre le texte et ils menacent de quitter la coalition gouvernementale. La gravité de l'épidémie de malaria qui sévit en Languedoc rendait la position du gouvernement intenable, c'est pourquoi Jeremy Lebouchot a préféré prendre le risque de fissurer sa majorité plutôt que celui d'affronter les électeurs dans des conditions très défavorables.

« Les jours des moustiques de la côte languedocienne semblent désormais comptés. Alexandre Ducrin-Bonbourg a commenté le vote de l'Assemblée nationale par cette formule : “ C'est un retour au XXe siècle ! ” »

VU SUR LE SAT
La chronique télé de Valérie Chapelle

Weekly-Hebdo, 23 juillet 2030

La France n'a d'yeux que pour Pénélope. Depuis que cette jeune présentatrice de la météo a fait son apparition sur la 13e chaîne française, celle-ci n'a cessé d'étendre sa part de marché de manière stupéfiante à une heure décisive de la soirée : 19 % en janvier, 28 % en avril, 59 % en juillet ! Il faut dire que cette jolie brune a l'œil coquin, le plus beau sourire du monde et une silhouette qui donnerait des mauvaises pensées à saint Antoine. Un détail n'est peut-être pas étranger à l'intérêt que les téléspectateurs portent à la météo de notre 13e chaîne : dès sa première apparition sur le petit écran, Pénélope a promis d'adapter sa tenue au temps.

Le froid de janvier nous permit de l'admirer dans des manteaux de zibeline à couper le souffle. Les fortes précipitations de mars l'obligèrent à porter des bottes, un élégant trench-coat et même un ciré noir, dont la mode fut lancée en une soirée. De belles éclaircies en avril l'autorisèrent, malgré un tailleur strict, à révéler de ravissants genoux. Le ciel nuageux du mois de mai la contraignit à des pull-overs, mais portés avec des jeans délicieusement moulants. Le soleil du mois de juin lui permit d'oser de troublantes minijupes, qui firent brutalement grimper l'audience de la nouvelle chaîne, quel que soit l'ennui promis par la suite du programme.

Des millions de téléspectateurs guettent donc maintenant les chaleurs de l'été. Le 4 juillet, Pénélope était vêtue d'un paréo pour annoncer 30° à Deauville et 31° à Biarritz. Le 12, jour où le thermomètre atteignit 32° à Cherbourg, un maillot de bain une pièce suscita des commentaires admiratifs dans la France entière : sa sobriété mettait en valeur une divine silhouette qui inspira un éditorial ému dans *Le Figaro* à notre confrère Gilles Dupré-Gaudrut de l'Académie française. Le 14, on s'en souvient, la présentatrice apparut en bikini et, d'un geste ravissant, désigna du doigt les 33° affichés sur Arcachon. Dès le lendemain, en première page de tous les journaux, sa photo vola la vedette au défilé sur les Champs-Élysées et son site sur le Net fut l'un des plus visités de la journée. Des téléspectateurs suédois, grecs, canadiens et même brésiliens, quoique peu concernés par le climat de l'ouest de l'Europe, se prirent d'un intérêt soudain pour l'évolution de la température dans notre hexagone. Le 15, le 16, le 17 les bikinis se firent de plus en plus petits et, lorsque le 18 Pénélope se retourna pour désigner les 35° atteints sur le plateau de Langres, un minuscule string révéla un adorable derrière à cent millions de téléspectateurs admiratifs. Tous les espoirs étaient permis pour le 19 : Pénélope allait-elle ôter le haut ? Hélas, un épisode nuageux fit brusquement baisser la température et la présentatrice dut revêtir un tee-shirt. Mais tout espoir n'est pas perdu : on parle d'un retour de la canicule pour cette dernière semaine de juillet.

⋆

L'émission *Devoir de vérité* présentée avant-hier sur la chaîne québécoise *Tout voir* n'a pas fini de faire parler d'elle ! Patrick Laverdant nous avait habitués dans le passé à la provocation, mais cette fois l'animateur de *Devoir de vérité* s'était surpassé. L'émission a suscité sur les autres chaînes des commentaires scandalisés. Convenons, sans être bégueules, qu'ils étaient fondés.

Certes, le générique avait été précédé d'une apparition à l'écran de Christian Vicaire, président de la chaîne, qui avait tenu à attirer personnellement l'attention des téléspectateurs sur le caractère très inhabituel de l'émission : « La direction et la rédaction de la chaîne ont longuement hésité avant de se résoudre à présenter à l'écran l'entretien qui va suivre. Mais il nous a semblé que les téléspectateurs sont des gens adultes, capables de juger par eux-mêmes à partir des faits et des opinions qui leur sont présentés dans leur diversité et – je dirais même – dans leur brutalité. Aussi avons-nous décidé en conscience de ne pas censurer les propos de l'interlocuteur de Patrick Laverdant. Le devoir des journalistes est d'informer, même si l'expression de certaines idées peut paraître choquante. Plus que jamais, ce soir, l'émission *Devoir de vérité* reste fidèle à cette exigence de vérité qui est sa raison d'être. Je tiens cependant à avertir les téléspectateurs que l'interview qui va suivre peut heurter certaines sensibilités. Bonne soirée sur *Tout voir* ! »

Après le générique bien connu, Patrick Laverdant a présenté son invité, visage masqué par un brouillage de l'image, voix transformée : « Bertrand X, hétérosexuel, séronégatif, marié et père de famille. »

Malgré l'avertissement du président de la chaîne, les propos de cet étrange témoin avaient de quoi surprendre. Qu'on en juge :

« BX. — Je suis marié depuis vingt-deux ans et je me sens parfaitement heureux.

« PL. — Marié ? Avec la même femme ?

« BX. — Oui, avec la même femme. »

[...]

« PL. — Avez-vous eu des liaisons avec d'autres femmes ?

« BX. — Pas depuis mon mariage.

« PL. — Et avec des hommes ?

« BX. — Non, jamais.

[...]

« PL. — Avez-vous des enfants ?

« BX. — Oui. Une fille et trois garçons.

« PL. — De la même mère ?

« BX. — Oui. De la même mère. »

« PL. — L'homogénéité de la famille, son étroitesse, sa singularité – osons dire le mot – ne leur ont pas posé de problèmes ?

« BX. — J'espère que non. En tout cas ils ont l'air heureux et bien dans leur peau. Ils font de bonnes études. »

Heureusement, Patrick Laverdant avait tenu à faire suivre cette provocante interview d'une table ronde permettant à des personnalités représentatives de différents courants d'opinion de commenter l'entretien et d'éclairer les téléspectateurs.

Jack Beaupied, président de Québec Action Gay, s'indigna contre « cette hétérosexualité affichée avec insolence » qui constituait « un retour aux pires moments de l'homophobie ». Lola Boncœur, assistante sexuelle rue Trotte-Catin à Montréal, plaignit cet homme pour la pauvreté de sa vie sexuelle et offrit de lui faire une feuille de rose remboursée à 80 % par la Sécurité sociale. Le professeur Petitbois, sexologue à l'Université de Trois-Rivières, estima que cette « monogamie triomphante » constituait une perversion sexuelle contre nature : elle ne pouvait s'expliquer que par de fortes inhibitions dans la petite enfance.

Le mot de la fin revint au Père Lafleur, aumônier de l'Action catholique homosexuelle (ACH). Ce fut un message de tolérance : « Même s'ils peuvent nous désarçonner au premier abord, tous les choix doivent être respectés, du moment qu'ils sont sincères. » Joignant les mains et fermant les yeux, comme pour puiser au plus profond de lui-même le courage d'exprimer cette admirable tolérance, le saint homme répéta : « Tous les choix. »

Sans vouloir critiquer cette logique du pardon et du refus de l'exclusion, qui est dans la vocation même de l'Église, je dois dire que, comme beaucoup de jeunes mères, je reste choquée qu'une telle émission puisse être diffusée en « prime time », à une heure où tant d'enfants laissés seuls devant l'écran auront pu entendre les singulières affirmations de Bertrand X. On peut se demander jusqu'où certaines chaînes sont prêtes à aller dans la provocation pour attirer les téléspectateurs : pourquoi, pendant qu'on y est, ne pas montrer un repas « en famille » à la table d'un couple hétérosexuel marié ?

⋆

Marcel Proust était-il un écrivain de l'Antiquité ? de la Renaissance ? du XVIIe siècle ? ou du XXe siècle ? Après un insoutenable suspense d'une minute et le recours aux conseils d'un spécialiste, Anaïs Champagne a choisi le XXe siècle. C'était la bonne réponse : elle lui rapportait un millions d'euros (soit six millions et demi de francs pour ceux qui s'obstinent encore à compter dans notre ancienne monnaie). Lorsque le célèbre refrain-signal « Plein d'euros ! Plein d'heureux ! », repris en chœur par toute la salle, lui annonça qu'elle avait gagné, la jeune candidate ne put retenir ses larmes. On comprend son émotion, car pour parvenir à la question à un million d'euros, il lui avait fallu triompher d'un véritable parcours d'obstacles, composé de douze questions qui étaient autant de pièges et d'embûches. Les organisateurs du jeu n'avaient pas lésiné sur les difficultés. Ainsi la question à 700 000 euros faillit faire trébucher notre sympathique érudite : il s'agissait de savoir si une diligence était une lampe ? une lettre prioritaire ? une voiture à chevaux ? ou une commode ? Ne sachant que répondre Anaïs préféra faire appel à son compagnon-servant qui lui sauva la mise en réussissant à s'emparer avec les dents d'une savonnette au fond d'un baquet de mousse.

« Où peuvent-ils bien aller chercher de telles questions ? » confiait aux caméras un des spectateurs de l'émission à l'issue du jeu. La 11e chaîne française cultive, en effet, un certain élitisme, qui peut désarçonner une partie du public. Avouons cependant que nous lui devons de belles émotions !

★

Puisqu'il est question de culture, je me dois d'évoquer l'événement de la semaine : les adieux à la télévision de Christophe Dechavanne. Il présentait samedi pour la dernière fois « Braguette », l'émission culturelle qu'il anime avec une distinction inégalable depuis près de vingt ans. Après le départ prématuré d'Arthur et de Patrick Sébastien, disparaît avec Dechavanne le dernier monstre sacré de la télévision du XXe siècle. Nous regretterons sa finesse d'esprit, le raffinement de ses manières, l'exquise délicatesse de son humour, son art de conduire un débat avec courtoisie, qui contrastent avec la vulgarité facile qu'affectionnent aujourd'hui les jeunes présentateurs. Ajoutons à cela un bon goût et un tact jamais pris en défaut, sans parler d'une richesse de vocabulaire sans égale, car, selon les estimations des lexicologues, Dechavanne jouait avec une palette de près de quatre cents mots : ainsi utilisait-il pas moins de dix-sept vocables différents pour désigner un sexe masculin !

Tirons donc un grand coup de chapeau à celui qui restera comme le symbole d'une époque où la télévision et le bel esprit se conjuguaient pour le plus grand plaisir d'un public exigeant.

LE PAVILLON D'OR

Juillet-août 2030

Cinquante-cinq communes françaises viennent d'obtenir le Pavillon du Sourire, qui récompense l'amabilité de leur population, comme le Pavillon Bleu honore les plages les plus propres. Il a semblé, en effet, à l'Académie européenne du Sourire que l'agrément d'un séjour touristique ne dépendait pas seulement de la limpidité de l'eau, de la pureté de l'air et de la propreté du sable, mais de la bonne humeur et de la courtoisie dont font preuve les populations des stations touristiques. Elle a décidé de décerner chaque année le Pavillon du Sourire aux communes dont les habitants se montrent accueillants à l'égard des vacanciers. Tout au long de la saison estivale ses inspecteurs agissent dans le plus grand anonymat : ils contestent les additions des restaurants, mettent en doute la fraîcheur des fruits aux étals des marchés, essayent pendant une heure des chaussures avant de repartir sans acheter, obligent les hôtesses des offices du tourisme à répéter trois fois la même explication, et exigent à trois heures du matin le changement d'une ampoule dans leur chambre d'hôtel. Si, à l'issue de toutes ces épreuves, ils n'ont récolté que paroles aimables et gestes prévenants, la commune concernée se voit décerner l'un des trois Pavillons du Sourire : le Pavillon Vert garantit à l'estivant une bonne humeur générale et un accueil agréable ; le Pavillon d'Argent indique des hôteliers aux petits soins pour leurs clients, des services municipaux qui se mettent en quatre pour satisfaire les hôtes de passage et une population à l'hospitalité chaleureuse, mais il n'exclut pas la présence de quelques grincheux ; l'attribution du Pavillon d'Or exige en revanche un « sans-faute », c'est pourquoi elle est extrêmement rare : seul jusqu'ici un petit village suisse des Alpes de Glaris s'est vu décerner ce prestigieux trophée.

Cette année, cinquante et une stations françaises ont reçu le Pavillon Vert et quatre le Pavillon d'Argent. Parmi ces dernières, Mélanie-les-Bains, agréable station balnéaire de Vendée, présente dans le palmarès depuis l'origine, n'a jamais réussi à décrocher le fameux Pavillon d'Or malgré tous les efforts déployés par sa population.

Madame le Maire en est un peu déçue, mais les habitués de la station n'y attachent guère d'importance, car pour eux le séjour à Mélanie-les-Bains reste le moment le plus délicieux de l'année et il est évident, à leurs yeux, que la petite station vendéenne mérite amplement le Pavillon d'Argent qu'elle arbore depuis dix ans. Il est vrai qu'une visite à Mélanie-les-Bains a de quoi étonner le touriste non prévenu.

Je conseille à ce nouveau visiteur de commencer son séjour par le test du verre d'eau, cher aux inspecteurs de l'Académie européenne du Sourire. Il consiste à commander un verre d'eau du robinet au comptoir d'un café, service qui doit être gratuit. Dans n'importe quel café de n'importe quelle ville de France, le consommateur qui émet une telle demande se fait « jeter » sur-le-champ. Dans une station classée Pavillon Vert, ce téméraire a une petite chance de se voir servir le verre d'eau, mais, en posant brutalement le verre sur le comptoir, le patron lui signifie qu'il n'a pas intérêt à y revenir. À Mélanie-les-Bains, les choses se passent tout autrement : le visiteur ne s'installe pas au comptoir, mais à la terrasse du café, sa commande est accueillie avec empressement et le garçon revient aussitôt, non seulement avec un verre d'eau, mais avec des olives, puis il déplace le parasol pour protéger le consommateur du soleil et lui apporte un journal.

Partout à Mélanie-les-Bains, l'estivant est traité en ami. Un séjour à l'hôtel Bellevue en est la meilleure illustration. Dans cet établissement, qui n'arbore que deux modestes pavillons dans le guide Michelin, le client est accueilli avec plus d'attentions qu'une diva dans un palace. Le chef cuisinier connaît les goûts et les habitudes de chacun : le soir où une omelette est servie au menu, il n'oublie pas de préparer un petit plat pour Madame Untel qui ne supporte pas les œufs. Monsieur Pierre, le maître d'hôtel, qui préside depuis vingt-cinq ans au service avec distinction et courtoisie, sait mieux que personne conseiller une excursion dans l'arrière-pays ou indiquer le nom du patron pêcheur qui acceptera d'embarquer un touriste à son bord. Plus extraordinaire encore, la femme de ménage accepte avec le sourire de recoudre un bouton.

Faire des courses à Mélanie-les-Bains est également un plaisir rare. Le boucher continue à sourire si on ne lui demande que deux cents grammes de mou pour le chat et le garagiste déploie des trésors d'ingéniosité pour parvenir à facturer moins cher une réparation. De « Chez Sophie », la boutique de mode, jamais une grand-mère ne sort avec une robe de petite fille, ni une grosse dame avec une minijupe : Sophie met un point d'honneur à conseiller ses clientes le mieux possible. Le marché qui se tient le mercredi et le samedi matin sur la place de la Mairie est apprécié par les estivants qui vont y faire provision de bonne humeur autant que de fruits et légumes : les marchands ne se contentent pas d'offrir des cerises aux enfants et de prendre des nouvelles du reste de la famille, mais n'hésitent pas à déconseiller franchement des pêches pas assez mûres ou des melons trop avancés.

Quant à la fréquentation des services publics, elle offre à l'étranger bien des surprises, car le zèle des fonctionnaires n'a d'égal que la courtoisie des usagers. L'entrée d'une vieille dame à la Poste provoque une scène digne d'un tableau de Greuze. La file d'attente s'écarte, chacun invitant la nouvelle arrivée à se présenter sans attendre au guichet. L'employé souriant lui propose de l'aider à remplir son mandat, tandis qu'une chaise lui est avancée. Les formalités accomplies, tous s'offrent pour guider l'octogénaire vers la sortie, tandis que les propriétaires de voiture s'enquièrent de son adresse afin de pouvoir la raccompagner.

Passons sur le sourire des hôtesses de l'office du tourisme et la gentillesse des surveillants de plage pour évoquer l'orgueil de Mélanie-les-Bains : sa police municipale. Le coup de génie de Madame le Maire est d'avoir recruté un bataillon de jolies filles et fait dessiner leur uniforme par Claude Gavotte, élève de Christian Lacroix. Ces beautés souriantes méritent mieux que personne le beau titre de « gardiennes de la paix ». Il suffit qu'une brigadière, blonde et pimpante, menace de « faire les gros yeux » pour qu'instantanément le camion en livraison dégage la rue qu'il bloquait, le promeneur indélicat ramasse le papier qu'il venait de jeter à terre, le transistor se taise, le tagger nettoie le mur et le chef de bande présente ses excuses. Sous l'œil ravissant, mais vigilant, du corps de police la tranquillité règne dans la petite station balnéaire : sans risque d'être volés les vêtements peuvent traîner sur la plage et les bicyclettes stationner sans cadenas sur le remblai.

Notre visiteur curieux ne saurait quitter Mélanie-les-Bains sans avoir rendu visite en sa mairie à Mme Bonnafée, premier magistrat municipal, qui administre la commune avec une autorité bienveillante depuis bientôt quinze ans. Il découvre une petite femme, un peu ronde, élégante, gaie, la soixantaine alerte. Toujours soucieuse du plaisir des estivants, elle évoque avec gourmandise toutes les festivités organisées pour eux : le feu d'artifice et le bal du 14 juillet, le concours d'élégance du Casino, le corso fleuri du 15 août, les concerts de l'Harmonie municipale, sans compter les jeux de toutes sortes organisés sur la plage.

Le visiteur ne manque pas de féliciter Madame le Maire du charme de sa police, de l'affabilité des employés municipaux, de l'amabilité des commerçants et du sens de l'hospitalité de tous les Mélaniens. Et il s'étonne que Mélanie-les-Bains n'ait pas reçu le Pavillon d'Or. Aussitôt, le visage de Madame le Maire s'assombrit et le visiteur sent qu'il a mis le doigt sur une plaie douloureuse. Mais Claire Bonnafée n'est pas femme à éluder une question, aussi désagréable soit-elle, et c'est avec un sourire retrouvé qu'elle répond à la curiosité de son interlocuteur : « De l'avis de tous nos estivants, Mélanie-les-Bains mériterait mille fois le Pavillon d'Or, mais les règles de l'Académie européenne du Sourire sont très strictes : le Pavillon d'Or exige la perfection. Il suffit d'une ou deux personnes désagréables dans une station pour la priver d'une récompense méritée par toute une population aimable. Or, Mélanie-les-Bains est affligée de trois grincheux qui, chaque année, nous empêchent d'obtenir le Pavillon d'Or : l'adjudant de gendarmerie, une employée de la Mairie et surtout, surtout la marchande d'articles de plage. »

⋆

Voilà bientôt douze ans que l'adjudant Fessard commande la brigade de gendarmerie de Mélanie-les-Bains. Ses hommes sont d'un naturel bonhomme, bien en harmonie avec la gentillesse des habitants de cette paisible station balnéaire, où les bagarres sont inconnues, les vols rarissimes et les accidents de voitures peu fréquents. La vie des gendarmes y était donc une douce sinécure jusqu'à l'arrivée de l'adjudant Fessard. Lorsque celui-ci, tout frais promu et bien décidé à briller aux yeux de ses chefs, prit connaissance des registres de la brigade pour l'année écoulée, il fut stupéfait de n'y trouver que quatre plaintes pour vol (tous élucidés), un procès-verbal pour excès de vitesse et six constats d'accidents avec des blessés légers. « Incroyable ! Je suis tombé sur une bande de feignants ! » s'exclama l'adjudant. Désormais, les quatre gendarmes de Mélanie-les-Bains furent condamnés à « faire du chiffre ». L'adjudant obtint en dotation un détecteur de vitesse ultra perfectionné qu'il plaça à la sortie de Mélanie-les-Bains sur un tronçon de route qui s'élargit à quatre voies tout en restant en « zone agglomérée » sur trois cents mètres. L'automobiliste a donc tendance à accélérer, alors que la vitesse reste limitée à cinquante à l'heure. Ce tronçon de route providentiel permit à la brigade d'établir un nombre substantiel de procès-verbaux, qui ravit l'adjudant, mais suscita l'indignation de la population, d'autant plus choquée que les victimes du zèle de la gendarmerie étaient d'innocents touristes de passage. Madame le Maire, n'ayant pas réussi à convaincre l'inflexible militaire de ne plus mettre ses hommes en embuscade sur ce morceau de route, prit un arrêté pour déplacer le panneau « Mélanie-les-Bains » qui marquait la limite de la zone agglomérée, faisant du même coup chuter le nombre des procès-verbaux dressés par la brigade. Fessard ressentit cette mesure comme une déclaration de guerre.

On vit alors les gendarmes vérifier le tatouage des chiens, entrer dans les épiceries pour contrôler les dates de péremption des produits et même interrompre un concert de l'Harmonie municipale sous prétexte de « tapage nocturne ». Le principal sujet d'exaspération de l'adjudant était, bien évidemment, la police municipale. « La police n'est pas une affaire de gonzesses », aimait-il à répéter. Aussi, lorsqu'il croisait une patrouille de jolies brigadières sur le remblai, ne manquait-il pas de l'apostropher avec un humour plein de finesse : « Alors les minettes, on fait le trottoir ? » Pour pouvoir dresser un procès-verbal et se prouver ainsi à lui-même « le laisser-aller complet de cette police en jupette », il usait de stratagèmes et, lorsqu'après de longues journées de guet, il réussissait enfin à se mettre un contrevenant sous la dent, celui-ci n'avait droit à aucune pitié : des automobilistes furent sanctionnés pour avoir roulé à 94 kilomètres à l'heure en rase campagne. Et ce qui devait arriver arriva : l'adjudant, patrouillant à six heures du matin, eut la joie de trouver une voiture stationnée sur un passage pour piétons et la fit aussitôt enlever ; par malheur ladite voiture était celle de l'inspecteur de l'Académie européenne du Sourire, qui se fit copieusement engueuler lorsqu'il chercha à récupérer son bien. Cet incident coûta le Pavillon d'Or à Mélanie-les-Bains.

Josette Marguiller est la deuxième croix de Madame le Maire. Cette militante de la Ligue nihiliste prolétarienne, tendance Bakounine, est employée à la mairie, où elle tient le registre d'état civil. Malgré la multiplication d'affiches vengeresses sur le panneau réservé aux informations syndicales, de distributions de tracts accusateurs à la porte de la mairie et de sit-in solitaires dans toutes sortes de lieux publics, Josette n'a jamais réussi à obtenir d'autre voix que la sienne aux élections des délégués du personnel. L'infatigable militante a pris alors l'habitude, dès la sortie du bureau, d'aller arpenter la promenade du front de mer en arborant un air farouche et un panneau dénonçant, selon les semaines, l'exploitation du personnel de la mairie, le manque de femmes laides dans la police municipale, le monopole d'un fabricant de glaces ou l'absence de conscience de classe des baigneurs. Une fois encore, ce qui devait arriver arriva : l'inspecteur de l'Académie européenne du Sourire, qui descendait sur la plage avec sa pelle et son seau en rêvant aux jambes bronzées des gardiennes de la paix, n'accorda pas toute l'attention qu'il méritait à un texte que lui tendait Josette Marguiller. Cette inattention lui valut un flot d'injures : « Tu vas te faire bronzer pendant que des camarades sont emprisonnés au Betchounaland. Tu t'en branles, hein, ordure ? Salaud ! Raclure d'impérialiste ! » Le brave homme, tiré brutalement d'un rêve charmant, fut profondément affecté. Cette année-là non plus, Mélanie-les-Bains, n'obtint pas le Pavillon d'Or.

Mais le vrai cauchemar de Madame le Maire est

Marcelle Chouillard, la seule marchande d'articles de plage du front de mer. Sa boutique est pleine d'épuisettes, de raquettes, de ballons, de bouées, de seaux, de pelles, de râteaux et d'huile solaire, mais elle met une énergie formidable à décourager tout acheteur. Un « Qu'est-ce que vous voulez ? » grommelé du fond de la boutique suffit généralement à faire fuir l'imprudent qui en a franchi le seuil. Les gamins se font tirer les oreilles, les adolescentes qui essayent des lunettes de soleil se font expulser au premier fou rire. Les adultes qui, avec de multiples précautions oratoires, demandent à acheter une paire de palmes s'entendent répondre « Y-en-a-pas ! », alors qu'elles pendent par douzaines au plafond. Mais, comme Mme Chouillard jouit d'un monopole, le PDG en vacances est prêt à toutes les bassesses pour pouvoir acheter le cygne gonflable réclamé par son petit-fils, et le président du tribunal, ayant troqué la robe pour le caleçon à fleurs, accepte sans répliquer de s'entendre traiter de « vieux chnoque » dans l'espoir d'obtenir le tube de crème solaire dont il compte enduire le dos de la greffière en compagnie de laquelle il effectue un séjour (coupable) à l'hôtel Bellevue. Aussi, malgré son irascibilité, la marchande d'articles de plage fait-elle d'excellentes affaires depuis près de quarante ans. Hélas, elle est bien connue aussi de l'inspecteur de l'Académie européenne du Sourire, qui, avec une conscience professionnelle digne d'éloge, essaye chaque saison de lui acheter une épuisette et se fait inévitablement rabrouer. C'est pourquoi depuis dix ans la petite station vendéenne, si hospitalière, n'a jamais obtenu le Pavillon d'Or.

*

Malgré son heureux caractère, Madame le Maire enrage de voir le Pavillon d'Or échapper à sa commune pour la seule raison que trois « malembouchés » réduisent à néant les efforts d'une population de gens adorables. Aussi, dans le plus grand secret, réunit-elle un soir chez elle, autour d'un excellent dîner, ses deux adjoints : le docteur Noël et Valentin Gabillou, pâtissier de son état. Elle n'y alla pas par quatre chemins : « Je suis décidée à ce que Mélanie-les-Bains obtienne le Pavillon d'Or l'année prochaine. Pour cela nous n'avons pas le choix : il nous faut éliminer Fessard, Josette et Marcelle.

— Éliminer ? se récrièrent d'une seule voix le médecin et le pâtissier.

— Il ne s'agit pas de les tuer, précisa Madame le Maire, mais de les éloigner. Pour l'adjudant, ce sera facile : je m'en charge. Pour Josette, j'ai peut-être une idée. En revanche, pour la mère Chouillard, je ne vois pas comment faire : j'ai besoin de vos suggestions. »

*

Peu après cette conversation, Claire Bonnafée se fit faire un brushing, revêtit un tailleur turquoise et prit le train pour Paris. Elle allait rendre visite à Casimir Durand, un ancien condisciple de la faculté, récemment nommé ministre de la Défense. Les retrouvailles furent cordiales, le ministre raccompagna le maire jusqu'au perron de l'hôtel de Brienne, l'embrassa sur les deux joues et lui dit, en guise d'adieu : « Message reçu cinq sur cinq ! » Quelques semaines après cet entretien, l'adjudant Fessard était promu adjudant chef et affecté à la brigade de Stains, en Seine-Saint-Denis, où il eut la joie de trouver des délinquants à sa mesure. Son remplaçant à la tête de la brigade de Mélanie-les-Bains est l'adjudant Ledoux, une crème de militaire, qui, chaque fois qu'il rencontre Madame le Maire, la salue, ôte son képi, lui baise la main et lui présente ses hommages. Sous son impulsion le nombre des procès-verbaux a chuté immédiatement. Les gendarmes ont repris l'habitude de bavarder amicalement avec les commerçants et ont établi une coopération exemplaire avec les agents de la police municipale, allant jusqu'à organiser des patrouilles communes sur la promenade du front de mer.

Éloigner Josette Marguiller de Mélanie-les-Bains fut plus difficile. Pour réussir il fallait à Claire Bonnafée la complicité de 471 personnes. Il etait, en effet, de notoriété publique que Josette ambitionnait de se présenter aux prochaines élections présidentielles comme candidate de la Ligue nihiliste prolétarienne, afin de profiter des minutes de télévision de la campagne officielle pour inciter les travailleuses et travailleurs de France à lutter contre l'exploitation capitaliste. Cette candidature serait providentielle, car les réunions électorales, les émissions, les interviews, la discussion des motions et la présence nécessaire sur tous les lieux de lutte éloigneraient pendant au moins six mois l'intrépide militante du front de mer de Mélanie-les-Bains. On pouvait même espérer qu'à l'issue de la campagne présidentielle Josette Marguiller aurait acquis une notoriété suffisante pour être invitée à soutenir des mouvements de grève et des occupations d'usines dans toute la France. Hélas, pour pouvoir être candidate, Josette devait être présentée par cinq cents citoyens membres du Parlement, conseillers généraux ou maires, or, après plusieurs mois d'efforts, la Ligue n'avait réussi à réunir que vingt-neuf signatures.

Claire Bonnafée se mit en tête de trouver les 471 signatures manquantes. Pendant quatre mois, vêtue d'un tailleur framboise ou jaune serin, elle rendit visite à tous ses collègues de Vendée, de Loire-Atlantique, du Maine-et-Loire et des Deux-Sèvres. Sa tâche était difficile, car il n'était pas aisé de convaincre le marquis de Chamoulart, maire héréditaire de Chamoulart depuis sept générations, ou l'abbé Martereau, l'historien bien connu des guerres de Vendée, d'accorder leur soutien à une militante nihiliste qui les aurait volontiers fait fusiller si une loi lui en avait donné le pouvoir. Mais que ne ferait-on pour rendre service à l'aimable Bonnafée ? Claire réussit à recueillir 562 signatures en faveur de la candidature de Josette Marguiller. C'était plus qu'il n'en fallait. Réunis en congrès les militants de la Ligue nihiliste prolétarienne votèrent une motion selon laquelle « le réalisme révolutionnaire » les conduisait à accepter ce renfort inattendu, de même que Lénine avait pactisé un temps avec Kerensky avant de le chasser du pouvoir. Plusieurs journaux s'étonnèrent de la composition de cette liste de signatures, où prédominaient les élus de départements réputés conservateurs, et ils se livrèrent à d'intéressantes analyses sociologiques pour expliquer ce phénomène sans précédent.

Josette Marguiller présenta à Madame le Maire une demande de congé de six mois « pour convenance personnelle ». Ce congé lui fut accordé dans les vingt-quatre heures.

⋆

« Et de deux », se dit Claire Bonnafée. Mais le plus difficile restait à faire. Aucun ministre n'avait le pouvoir d'affecter Marcelle Chouillard dans un autre magasin d'articles de plage, personne ne l'avait jamais entendue manifester l'intention d'être candidate à la présidence de la République, et, à soixante ans, elle avait bon pied bon œil, si bien que rien ne permettait d'espérer une prochaine retraite.

Madame le Maire invita donc à nouveau ses adjoints à dîner : « Nous avons pu débarrasser Mélanie-les-Bains de l'adjudant Fessard et de Josette, expliqua-t-elle, mais une grincheuse nous sépare encore du Pavillon d'Or. Je pense avoir trouvé le moyen, non pas de l'éloigner, mais de la transformer. Pour cela j'ai besoin de ton concours, mon cher Valentin. Tout le monde à Mélanie-les-Bains – du moins les gens de notre génération – sait que Marcelle était amoureuse de toi… » Valentin Gabillou se récria bruyamment, mais le docteur Noël vint au secours de Mme Bonnafée en rappelant quelques souvenirs de l'époque où ils préparaient ensemble leur bac au collège Saint-François. Valentin était joli garçon, Marcelle était dans la même classe que lui. Ni jolie, ni laide, mais timide, elle aimait le beau Valentin en secret. Un secret mal gardé, car elle rougissait comme une pivoine chaque fois qu'elle se trouvait en sa présence. L'amour inavoué de Marcelle devint bientôt un objet de plaisanterie dans tout le pays. Aussi, le cœur et l'orgueil de la jeune fille furent-ils brisés ensemble lorsque Valentin épousa Valentine, la fille du pâtissier. La pauvre Marcelle ne se remit jamais de cette déception et s'enferma dans une solitude acariâtre.

« Sans l'avoir vraiment voulu, tu es responsable, mon cher Valentin, du caractère désagréable de cette malheureuse, reprit Claire. Je t'offre l'occasion de te racheter et de conquérir le Pavillon d'Or : il te suffit pour cela de faire une déclaration d'amour à Marcelle. » Valentin protesta : « Il n'en est pas question. Vous me mettriez dans une situation ridicule : qu'arriverait-il si elle répondait à mes avances ? Nous n'avons plus l'âge, ni l'un ni l'autre, de faire des cabrioles. » Le docteur Noël balaya l'objection : « Je te prescrirai du Viagra et tu verras que Marcelle appréciera. C'est un moyen souverain pour la rendre aimable. »

Valentin tenta une dernière échappatoire : « Valentine sera furieuse si elle apprend cette histoire ! Je ne veux pas détruire la paix de mon ménage. » « Ta femme n'en saura rien, reprit le médecin. S'est-elle aperçue de quelque chose quand tu as eu une liaison avec la greffière du Bellevue, au nez et à la barbe du juge ? » Vaincu par ce dernier argument, le pâtissier comprit qu'il allait devoir payer de sa personne : jusqu'où ne faut-il pas aller pour accomplir son devoir d'élu ?

Un soir, Valentin Gabillou, tenant un bouquet de fleurs à la main, se dirigea donc vers la boutique de la marchande d'articles de plage au moment où elle fermait ses volets. Dans les semaines qui suivirent, tous les habitués de la plage remarquèrent le comportement étrange de Marcelle Chouillard : elle souriait, répondait aimablement aux clients, faisait preuve de patience à l'égard des enfants ; on remarqua même qu'elle était bien coiffée et se mettait du rouge à lèvres. Ce changement d'humeur inexplicable fit l'objet de toutes les conversations sur la plage pendant quinze jours. Et quand l'inspecteur de l'Académie européenne du Sourire, prenant son courage à deux mains, tenta pour la dixième fois en dix ans d'acheter une épuisette, il eut la surprise d'être bien accueilli par une marchande au large sourire. Elle lui demanda si l'épuisette était pour lui ou pour ses enfants, s'enquit du type de pêche qu'il pratiquait, lui fit comparer différents modèles et, son choix fait, pratiqua un abattement sur le prix, tout en lui proposant de venir échanger l'épuisette si elle ne convenait pas à l'usage. Impossible d'être plus aimable : le Pavillon d'Or ne pouvait plus échapper à Mélanie-les-Bains !

Le jour de son départ, l'inspecteur parcourut l'ensemble du carnet sur lequel il avait noté ses observations tout au long de son séjour. Elles étaient excellentes : qu'il s'agisse de l'amabilité des commerçants, de la prévenance du personnel de l'hôtel, de la courtoisie de la gendarmerie, de la gentillesse de la police municipale et, plus généralement, de l'affabilité de toutes les personnes rencontrées, les notes étaient toutes de 20 sur 20. Jamais, en dix ans de carrière, l'inspecteur n'avait vu pareil résultat !

Son train ne partant qu'à 11 heures 37, le représentant de l'Académie européenne du Sourire décida de profiter de la matinée pour aller faire un dernier tour en ville. Il était d'excellente humeur, bavarda avec des connaissances de plage, plaisanta avec des joueurs de boule et répondit aux sourires d'une patrouille de police. Le destin le fit alors passer devant la pâtisserie Gabillou. Comme chacun sait en Vendée, les spécialités de la maison Gabillou sont les langues de chat et les cornes de gazelle ; l'inspecteur avait pour ces dernières une prédilection particulière, aussi entra-t-il dans la boutique pour s'offrir une dernière gâterie avant le départ. S'adressant à Valentine avec un sourire jovial : « On m'a dit, Madame, que vous avez des cornes, les plus belles, les plus fameuses du département. » Valentine soupçonnait-elle que le goût récent de son mari pour les promenades en fin d'après-midi pouvait avoir un lien avec la surprenante amabilité de la marchande d'articles de plage ? Toujours est-il qu'elle prêta à l'innocente question de l'inspecteur une ironie qui n'y était pas et, saisissant un « paris-brest », elle l'envoya sans sommation à la figure du client : « Vous, le couillon, je vous dispense de vos commentaires ! » Sans avoir compris ce qui lui arrivait, le malheureux se retrouva à la rue, la figure et le veston dégoulinant de crème.

Et c'est ainsi qu'une fois encore le Pavillon d'Or échappa à Mélanie-les-Bains.

LE TÉLÉPHONE PORTABLE EN BOIS

Octobre 2030

La 129e édition du concours Lépine vient d'ouvrir ses portes au Parc des Expositions de Villepinte, la Foire de Paris abandonnant pour la première fois les bâtiments de la porte de Versailles jugés trop exigus. Le public n'a pas été découragé par cet éloignement, car les curieux étaient nombreux à se presser dans les allées du salon dès son ouverture. Il est vrai que, cette année, les inventeurs ne se sont pas contentés de montrer de menus gadgets pour déboucher des bouteilles, ranger des boîtes ou effacer des taches ; certains d'entre eux ont présenté au public des inventions d'une plus vaste portée, susceptibles d'introduire de véritables transformations dans notre vie quotidienne. Une des plus intéressantes est le téléphone portable en bois, auquel un bel avenir semble promis.

En effet, même si le « portable » est devenu

indispensable à notre vie sociale, certains usagers ont le sentiment de vivre avec un fil à la patte. Ils sont las d'être dérangés à une heure du matin par un patron soucieux de leur communiquer une idée géniale, d'être appelés à sept heures du soir par leur épouse alors qu'ils lutinent une petite amie ou à quatre heures de l'après-midi par un collaborateur quand ils distribuent du pain aux moineaux. C'est pour ce genre d'individus, désireux de préserver leur intimité et leur tranquillité, qu'a été inventé le téléphone portable en bois.

Son aspect est identique à celui d'un portable ordinaire. Il est donc possible de le poser à côté de son couvert au restaurant ou de le tenir d'une main crispée en marchant d'un pas rapide dans la rue pour se donner l'air d'un homme d'affaires débordé. Mais le téléphone portable en bois donne la certitude de ne pas être dérangé.

Certains objecteront qu'il est également possible de couper un portable ordinaire et de brancher sa messagerie. À ces sceptiques il convient de faire observer que le téléphone en bois évite d'avoir à relever des messages et d'y répondre, ce qui peut être un avantage précieux. Mais la supériorité décisive du téléphone en bois sur le portable ordinaire est qu'il ôte toute tentation d'appeler. Il vous est donc possible de rêver, de musarder dans la rue, de regarder les vitrines, de vous attarder à la terrasse d'un café, de bavarder avec un ami croisé par hasard, de vous hasarder dans un musée, de feuilleter des livres à l'étalage d'un libraire, de méditer dans votre voiture ou de composer des vers sans avoir l'idée de passer un coup de téléphone.

Le prix d'un téléphone en bois est légèrement supérieur à celui d'un portable ordinaire, mais cela ne devrait pas faire obstacle à sa commercialisation, car chacun comprendra que les avantages se paient. Les abonnés du téléphone fixe n'ont-ils pas déjà l'habitude d'accepter un supplément pour placer leur ligne en service restreint ou ne pas figurer à l'annuaire ?

LA RECONNAISSANCE DES FORMES

2031

M. Huleau éternua. Il était en train d'attraper un rhume. Déjà sa voix était prise. En arrivant près de sa voiture, il eut une inquiétude : allait-elle le reconnaître ? Il se souvenait de sa mésaventure de l'an dernier, lorsqu'il avait eu une laryngite. Malgré tous ses efforts pour parler haut, il n'avait réussi qu'à s'égosiller : impossible d'ouvrir la portière. La reconnaissance vocale était une merveilleuse invention qui épargnait tous les jours aux hommes l'effort pénible de tourner une clé ou de manipuler une poignée, mais tout se compliquait quand, pour une raison ou une autre, la voix était altérée. Ainsi, l'année passée, Quentin Huleau avait-il dû renoncer à utiliser sa voiture pendant quinze jours et recourir à des taxis. Heureusement, cette fois-ci, la portière s'ouvrit dès que son propriétaire eut répété, en haussant la voix : « Ouvre-toi ! » M. Huleau s'assit, sa ceinture de sécurité s'enroula autour de lui, il ordonna : « En route ! », et la voiture démarra.

En approchant de sa maison, il se réjouit de l'avoir fait équiper d'un système de reconnaissance des formes au lieu d'un dispositif de reconnaissance vocale. Au moins n'aurait-il pas de mal à rentrer chez lui, malgré la faiblesse sa voix. Il se réjouissait à l'avance de sa soirée. Mme Huleau étant en voyage d'affaires, il en avait profité pour inviter à dîner en tête à tête Marlène, la blonde directrice du marketing, à laquelle il faisait une cour discrète depuis quelques semaines. Il se promettait bien de conclure ! Bien sûr, ce rhume tombait mal, mais il n'avait qu'à penser à la poitrine arrogante que laissaient deviner les pull-overs moulants de la directrice du marketing (rien à voir avec la silhouette plate de Mme Huleau !) pour sentir monter en lui un désir toujours aussi vif.

Il avait pris soin de faire ses courses la veille. Le caviar et le champagne attendaient dans le réfrigérateur, les filets de sole étaient dans le micro-ondes. Mais il lui restait moins d'une heure pour prendre un bain et disposer la table. Il fut donc très contrarié quand la porte de la maison refusa de s'ouvrir devant lui. Cela tombait mal ! Depuis trois ans qu'il occupait cette maison, il n'y avait pourtant jamais eu le moindre incident. Pour quelle raison mystérieuse cette porte refusait-elle de s'ouvrir ? En arrivant, tout lui avait semblé normal : la grille du jardin et la porte du garage s'étaient ouvertes dès l'apparition de la voiture, il avait emprunté la petite allée et s'était présenté de face devant la porte en s'arrêtant à un mètre, comme il le fallait pour être reconnu. Ses pieds étaient placés exactement sur le repère. Il fit demi-tour, recula de quelques mètres, avança à nouveau en prenant bien soin d'être de face, tête levée devant la caméra, et il s'immobilisa avec une précision de géomètre sur le repère : mais la porte resta close. Il plia les genoux, se haussa sur la pointe des pieds, se contorsionna, sautilla : rien.

Quentin Huleau réfléchit. Il n'avait pas pris de poids ces derniers temps. Il portait un de ses joggings habituels. La semelle de ses Reebok avait une hauteur normale. Il était tête nue. Soudain, un éclair lui traversa l'esprit : sa coiffure, voilà l'explication ! Cet après-midi, il était passé chez le coiffeur, qui lui avait fait une nouvelle coupe, en brosse longue. Cela le rajeunissait de dix ans, mais ses cheveux étaient maintenant plus hauts de trois bons centimètres : le logiciel qui commandait l'ouverture de la porte ne pouvait donc pas le reconnaître. Sacrifiant à la hâte sa nouvelle coiffure, il tenta tant bien que mal d'aplatir ses cheveux et de tracer avec ses doigts une raie sur le côté. Il était affreux sans doute, mais la porte s'ouvrit et c'était bien là l'essentiel. Il aurait le temps d'arranger sa coiffure juste avant l'arrivée de Marlène.

M. Huleau commença par prendre un bain : reconnaissant la silhouette et le poids du maître de maison, les robinets firent couler l'eau à la température exacte de 37°9 (alors que pour Mme Huleau elle était seulement à 37°6). Puis Quentin se présenta devant sa penderie, qui le reconnut et s'ouvrit : il mit un séduisant caleçon à petits carreaux et un élégant jogging du soir. Il disposa le couvert, programma le four et laissa le réfrigérateur entrouvert pour pouvoir s'y servir une fois qu'il aurait rendu à sa coiffure son nouveau *look*. Il retourna enfin dans la salle de bains, en prenant soin de laisser la porte ouverte, et, en quelques coups de peigne, rétablit la coiffure destinée à séduire Marlène. Il ne resterait plus, au coup de sonnette, qu'à allumer les bougies sur la table et à déclencher l'ouverture de la porte, préalablement programmée sur « visite inopinée ».

Ce fut avec un sourire retrouvé qu'il accueillit la directrice du marketing, plus belle que jamais. Elle portait un fourreau noir qui la rendait très désirable. Ne compromettons pas une situation pleine de promesses par une impatience déplacée, se dit M. Huleau : d'abord le champagne. Le début du dîner se passa le mieux du monde : l'humour de Quentin fit rire Marlène, ses allusions galantes, formulées avec finesse, la firent sourire et, avec beaucoup de naturel, sa main se plaça sur la sienne sans qu'elle la retirât. Les choses étaient en très bonne voie. Maintenant les filets de sole :

Quentin dut se décoiffer pour ouvrir la porte du micro-ondes et se recoiffer rapidement pour apporter le plat en ayant retrouvé sa tête de séducteur. Les filets de sole et la brosse longue firent merveille : leurs visages se rapprochèrent, leurs jambes s'effleurèrent... Quentin décida donc de passer à l'action sans attendre le dessert : il attira Marlène sur le canapé Second Empire du salon, cadeau de sa belle-mère.

La robe, dégrafée, allait glisser, lorsque Quentin, qui détestait les antiquités et avait besoin de confort pour donner le meilleur de lui-même, préféra entraîner sa conquête vers le vaste lit à suspension hydraulique et préchauffage thermodynamique de sa chambre. Malchance : la porte refusa de s'ouvrir. Quentin aplatit sa coiffure avec des gestes nerveux, qui étonnèrent sa partenaire, mais la porte restait obstinément fermée. Il dut se rendre à l'évidence : le système qui actionnait l'ouverture ne pouvait confondre les formes généreuses de la directrice du marketing avec celles, plus discrètes, de Mme Huleau ; il n'avait pas été programmé pour laisser entrer Marlène dans la chambre conjugale. Que faire ? Aux grands maux, les grands remèdes : Quentin décida de pénétrer seul dans la chambre pour y programmer l'ordinateur domestique sur le dispositif « secours », qui déverrouillait toutes les portes intérieures afin de laisser d'éventuels secouristes (pompiers, médecins, infirmières) circuler dans la maison sans enregistrement préalable de leurs mensurations.

Aussitôt dit, aussitôt fait. Ou presque aussitôt. Après avoir fait reculer Marlène jusqu'au fond du salon, Quentin put gagner seul sa chambre et ouvrir une table de nuit Napoléon III où l'ordinateur domestique avait pris la place du pot de chambre. Un changement de programmation est cependant une opération qui exige de la précision. Or M. Huleau était dans un état d'impatience fébrile qui ne lui permettait pas de consacrer toute son attention à l'écran. La maison fut donc, un moment, parcourue de mouvements incohérents : les volets s'ouvrirent, puis se refermèrent, la température devint polaire puis tropicale, l'arrosage du jardin se mit en route, une sirène retentit, les façades s'éclairèrent, mais, finalement, Quentin réussit à programmer l'ouverture de toutes les portes sur le dispositif « secours ».

Il ne lui restait plus qu'à se recoiffer pour revenir chercher Marlène. Hélas, la blonde directrice du marketing avait rajusté sa robe et sa coiffure. Il allait devoir tout reprendre à zéro ! Elle lui demanda un peu de champagne. Il se décoiffa pour aller chercher une seconde bouteille dans le réfrigérateur et se recoiffa avant de regagner le canapé. Marlène tomba à nouveau dans ses bras et il put enfin l'entraîner dans la chambre, où sa robe glissa rapidement à terre.

Mais à peine étaient-ils enlacés sur le lit que

Quentin entendit tousser derrière lui. Deux pompiers rigolards se tenaient dans l'encadrement de la porte : « Pardon de vous déranger, M'sieu Dame, nous venons pour le blessé. » Quentin n'avait pas songé que le programme « secours », utilisé pour libérer l'ouverture des portes, avait aussi pour fonction d'alerter la caserne de pompiers la plus proche. Nu comme un ver, il se dégagea des bras de Marlène pour expliquer piteusement qu'il s'agissait d'une simple erreur de programmation du dispositif de reconnaissance des formes. Pour être soldat du feu on n'en est pas moins homme : les secouristes prirent la chose avec le sourire et s'éloignèrent, goguenards, après avoir souhaité une « bonne continuation » à M. Huleau.

C'est alors que retentit la sonnerie du téléphone : Mme Huleau, follement inquiète, appelait de New York. Le programme de secours, qui ne se contente pas d'alerter les pompiers, venait de prévenir « la personne la plus proche » sur son portable. Quentin fut obligé de rassurer son épouse.

Lorsqu'il revint sur le lit, perturbé par tous ces incidents, il lui fallut bien avouer que, selon une pudique métaphore, « le cœur n'y était plus ». La jolie Marlène ne lui fut pas reconnaissante de ce manque de forme...

UN ACCIDENT SANS RESPONSABLE !
Libres propos de Valérie Chapelle

Soir-Matin, 22 septembre 2031

La fatalité ! La fatalité ! Elle a bon dos, la fatalité ! Est-il pensable, qu'en plein XXIe siècle, un homme puisse se tuer à cheval sans qu'il y ait de responsable ? Sans que personne ne soit traduit en justice ? Imagine-t-on bien la douleur d'une famille privée de procès ?

Rappelons les circonstances de cet accident mortel. Dimanche dernier, Hippolyte de Chalandray, réputé excellent cavalier, galopait en forêt de Compiègne. Soudain une biche traversa l'allée devant son cheval. Effrayé, celui-ci fit un écart qui désarçonna le cavalier. En tombant le malheureux se fracassa la tête contre un arbre. Deux autres cavaliers, qui suivaient à quelques mètres, prévinrent immédiatement les secours à l'aide de leur téléphone portable. Les psychologues arrivèrent sur les lieux de l'accident huit minutes après l'appel, suivis, quatre minutes plus tard, par les pompiers. Mais Hippolyte de Chalandray était mort sur le coup et les secouristes ne purent que constater le décès.

Il y a maintenant cinq jours que cet accident est survenu et personne n'est encore mis en examen ! Voilà donc un accident entièrement dû au hasard, nous dira-t-on, en alléguant que nul ne pouvait prévoir que la biche traverserait l'allée au moment précis où le cheval et son cavalier passeraient par là. Sans doute. Mais, en l'occurrence, les conséquences de la fatalité n'ont-elles pas été singulièrement accrues par des erreurs humaines ou, tout au moins, des négligences ? Les a-t-on bien recherchées ?

Certes Hippolyte de Chalandray portait une bombe, était propriétaire de son cheval et se promenait en forêt en dehors de toute organisation. Peut être, mais son cheval était bien en pension dans un manège. A-t-on analysé sa nourriture ? Une ration d'avoine trop abondante aurait fort bien pu accroître sa nervosité et expliquer sa brusque réaction au passage de la biche. Or, à notre connaissance, aucune vérification de la dose d'avoine absorbée n'a été effectuée.

N'y a-t-il rien à dire, non plus, de ces allées forestières bordées d'arbres ? Sans la présence d'un arbre à moins d'un mètre de la chaussée sablée, Hippolyte de Chalandray serait encore vivant. Le moins qu'on puisse en penser est que l'Office national des Forêts a fait preuve de négligence en laissant subsister dans une forêt très fréquentée par les cavaliers et les cyclistes des allées larges de trois à quatre mètres, sans prévoir de chaque côté un glacis d'une largeur équivalente, seul moyen de rendre impossible le heurt d'un cavalier contre un arbre.

Que dire également de la divagation des animaux sauvages dans ce massif forestier envahi chaque week-end par des milliers de promeneurs ? Au dire des témoins, la biche à l'origine de l'accident ne portait même pas de balise au cou ! Impossible dès lors de prévoir sa position et de prévenir une rencontre fatale.

Pourtant, malgré cette accumulation de négligences, le président de l'ONF continue à dormir tranquille et aucun ingénieur des Eaux et Forêts n'a été mis en examen. Le directeur du manège n'a fait l'objet d'aucune poursuite. Aucun procès n'aura donc lieu. Aucune condamnation ne sera prononcée. Comment, dès lors, la famille et les proches pourront-ils faire leur deuil ? Je suggère, à tout le moins, qu'on pende le cheval.

LA GRÈVE DES POÈTES

2031

Comme tous les soirs à huit heures, le directeur de cabinet frappa à la porte du ministre de l'Intérieur. « Entrez ! » lui intima une voix rocailleuse. Romain Lepetit ouvrit la porte qui séparait les deux bureaux, avança silencieusement vers l'un des trois fauteuils qui faisaient face au ministre, s'y assit, sa pile de dossiers sur les genoux, et attendit. Clément Bougon poursuivait sa lecture sans sembler se préoccuper de la présence de son collaborateur.

« Alors, les routiers ? interrogea enfin le ministre.

— Ils maintiennent leurs barrages, Monsieur le Ministre. Les négociations reprendront ce soir et dureront toute la nuit. Mais elles ont peu de chance d'aboutir.

— La RATP ?

— Les conducteurs du Métro ont déposé un préavis pour lundi, Monsieur le Ministre.

— Embêtant, commenta Bougon. Les éboueurs de Marseille ?

— Ils entament leur sixième semaine de grève, Monsieur le Ministre, et les négociations avec la mairie viennent d'être rompues. Le préfet demande s'il doit avoir recours à l'armée pour évacuer les tas d'immondices là où la situation devient intenable. C'est une question d'hygiène.

— Qu'il agisse, mais sans provocation !… Le tri postal ?

— Statu quo, Monsieur le Ministre.

— Quelles manifestations, demain ?

— Les enseignants défilent de la Sorbonne à la rue de Grenelle, les chasseurs du Champ-de-Mars à la rue de Varenne, les agents des Impôts de la rue de Rivoli à Bercy et les gardiens de musée de l'Opéra à la rue de Valois.

— Rien d'autre ?

— Si, Monsieur le Ministre, on annonce une grève des poètes.

— Une grève des poètes ?

— Oui, Monsieur le Ministre, ils protestent contre la récente directive européenne qui interdit aux marchands de fruits et légumes d'ouvrir leurs étalages en plein vent dans la rue.

— Qu'est-ce que ça peut bien leur foutre ?

— Ils estiment, Monsieur le Ministre, que c'est une note de couleurs qui disparaît de nos rues.

— Écoutez, Lepetit, les états d'âme de vos poètes, je m'en bats l'œil, je m'en tape le coucougnousse, en un mot comme en cent : je m'en branle ! »

Le directeur de cabinet, confus, enchaîna donc rapidement sur la revalorisation de l'indice de fin de carrière des policiers motocyclistes.

★

Le lendemain à huit heures du soir, avec sa ponctualité habituelle, Romain Lepetit pénétra dans le bureau du ministre. Après avoir évoqué l'échec de la négociation entre transporteurs et chauffeurs-routiers, la perspective d'une journée sans Métro à Paris et les incidents de Marseille entre éboueurs et CRS, le directeur de cabinet annonça une bonne nouvelle : la reprise des négociations entre la Poste et les syndicats. « Vous voyez, Lepetit, tout ne va pas si mal », grommela le ministre, ce qui était chez lui un signe de bonne humeur, puis il ajouta, l'air badin : « Et vos poètes ?

— La grève s'étend, Monsieur le Ministre.

— La grève s'étend ?

— Oui, Monsieur le Ministre, expliqua le directeur de cabinet. Au départ la grève ne concernait que les poètes affichés, les poètes de métier, ceux qui composent des poèmes ou des chansons et les publient. Mais, depuis hier, ils sont rejoints par un grand nombre de personnes qui sont poètes en cachette : des cadres de banque émus par un coucher de soleil, des comptables qui cultivent des fleurs, des égoutiers alpinistes, des agents de police contant fleurette à des pervenches, des étudiants venus se recueillir sur la tombe de Baudelaire, de vieilles gens qui revisitent avec émotion les lieux où ils connurent le bonheur, des amoureux qui s'embrassent sur les bancs publics…

— Effectivement, cela peut faire du monde, commenta Clément Bougon, mais les banquiers peuvent cesser de contempler les couchers de soleil et les comptables de cultiver des fleurs, ce n'est pas ça qui empêchera le monde de tourner. Désolé de vous décevoir, Lepetit, mais la grève des conducteurs de Métro m'inquiète un peu plus que celle de vos poètes ! »

⋆

Clément Bougon, d'habitude plus clairvoyant, avait tort. Quinze jours après cet entretien, les barrages routiers étaient levés, les métros circulaient, les éboueurs de Marseille vidaient les poubelles, les employés de la Poste triaient les lettres, les enseignants avaient regagné leurs écoles, les chasseurs leurs forêts, les agents des Impôts leurs guichets et les gardiens de musée leurs chaises, mais les poètes étaient toujours en grève.

Au départ, une grève des poètes fait peu d'effet, les journaux ne lui consacrent pas de gros titres et le gouvernement lui prête peu d'attention. La disparition des poèmes affichés dans le Métro passa presque inaperçue. La fermeture de trois ou quatre librairies fut ignorée et l'absence de chansons fredonnées dans la rue à peine remarquée. En revanche, la suppression des récitations de Prévert dans les écoles intrigua les parents. La disparition des jardinières de fleurs aux fenêtres des maisons provoqua des regrets et la platitude du vocabulaire des poissonnières sur le Vieux-Port de Marseille surprit. Lentement, insidieusement, le mal continua à s'étendre ; bientôt, plus moyen de se le dissimuler : les amoureux ne trouvaient plus rien à se dire, les enfants ne croyaient plus aux fées, les oiseaux et les musiciens se taisaient, les passants marchaient de plus en plus vite, l'oreille rivée à leur téléphone portable ; enfin, délaissant Marivaux et Musset, la Comédie-Française joua Brecht en matinée.

La première manifestation de protestation fut celle des lycéens. Lassés de voir Sainte-Beuve et Sartre accaparer les cours de français, trente mille d'entre eux défilèrent du Panthéon à la rue de Grenelle en réclamant sur l'air des lampions : « Bau - dlaire ! Bau - dlaire ! Rim - baud ! Rim - baud ! » Puis, ce fut au tour des fleuristes de manifester pour protester contre la chute brutale de leur chiffre d'affaires. L'allongement des jupes au printemps acheva de démoraliser la population. Non contents de choisir le gris comme couleur à la mode, les couturiers cachèrent les formes des top-models sous des drapés qui les firent ressembler à des Iraniennes en tchador. Dans un tel contexte la popularité du gouvernement risquait d'en prendre un coup. Le taux de chômage avait beau descendre, l'indice des prix flirter avec le zéro et le CAC 40 grimper comme un écureuil sur un tronc d'arbre, la cote du Premier Ministre commençait à s'effriter.

Clément Bougon, cet homme de fer, ce politicien finaud, qui avait triomphé des camionneurs, amadoué les conducteurs de métro, roulé les éboueurs dans la farine, allait-il se casser les dents sur une grève de poètes ? Au cent douzième jour de grève, il décida de négocier.

Sans attendre huit heures du soir, il fit venir son directeur de cabinet dans son bureau : « Lepetit, il faut savoir lâcher du lest. Après tout, les conditions d'hygiène des étalages de fruits et légumes on s'en fout. Prenez contact avec les grévistes et proposez-leur une négociation.

— Ce n'est pas si facile, Monsieur le Ministre, objecta le directeur de cabinet, car, à ma connaissance, les poètes n'ont pas d'organisation représentative. Certes les félibres provençaux forment le Félibrige et les bardes bretons se rassemblent parfois en un " Gorsedd ", mais à l'échelon national il ne semble pas exister de Coordination. J'ai bien entendu parler d'une pléiade qui se réunit dans un café du Quartier latin…

— Eh bien, prenez contact avec la Pléiade ! » intima le ministre d'un ton qui n'admettait pas de réplique.

⋆

Le surlendemain Romain Lepetit rendait compte au ministre d'une rencontre avec les sept poètes de la Nouvelle Pléiade, qui avait eu lieu l'après-midi même autour d'un apéritif. « La Nouvelle Pléiade est prête à négocier, Monsieur le Ministre, mais à une condition…

— Laquelle ?

— Que la négociation ait lieu en alexandrins. »

Il en fallait plus pour désarçonner un vieux routier de la politique comme Clément Bougon, qui concéda :

« OK, en alexandrins je m'exprimerai.

— *Césure au mi-li-eu, Mon-si-eur le Ministre »*, fit respectueusement observer le directeur de cabinet.

Cette petite touche de poésie introduite dans l'austère hôtel de Beauvau était un heureux présage quant à l'issue des négociations. Elles s'ouvrirent dès le lendemain.

La patience de Clément Bougon stupéfia ses collaborateurs : il écouta sans broncher cinquante strophes, de six vers chacune, par lesquelles les poètes de la Nouvelle Pléiade exprimèrent leurs protestations et firent connaître leurs revendications. En voici, en prose, l'essentiel : à elle seule la directive de la Communauté européenne interdisant les étalages de fruits et légumes dans la rue n'aurait pas suffi à amener des gens aussi paisibles que les poètes à faire grève, mais elle avait été la goutte d'eau qui fait déborder le vase. Les poètes, depuis plus de soixante-dix ans, avaient pris leur parti de la destruction des paysages, du saccage des villes, de la multiplication des échangeurs et de la disparition des petits commerçants, car ils avaient appris à trouver, ici ou là, des îlots de beauté dans un océan de laideur, des oasis de poésie dans le désert. Mieux que quiconque, ils savaient dénicher quelques pavillons préservés dans un recoin de banlieue, repérer un arbre au fond d'une cour, apprécier une pointe d'accent provençal, surprendre le regard de deux amoureux dans la foule du RER, sortir de l'autoroute pour emprunter une petite départementale... Les poètes sont des gens modestes, aptes à se contenter de peu : un bout de jardin, un bon livre, quelques couleurs dans la grisaille... Comme une espèce animale menacée de disparition fait preuve d'une ingéniosité sans égale pour continuer à trouver sa nourriture, les poètes savent déceler des touches de poésie là où tout autre humain est incapable de les voir. C'est ce qui leur a permis de survivre miraculeusement aux dernières décennies.

Mais voilà que, sous prétexte d'hygiène, de

modernisation, de rationalisation ou d'harmonisation, des fonctionnaires, des hommes d'affaires et des militants avaient entrepris de débusquer la poésie de ses derniers refuges : ils avaient calibré les pommes et les bananes, supprimé le képi des agents de police et les chevaux de la Garde républicaine, escamoté les autobus à plate-forme, incorporé 5 % de matières grasses végétales dans le chocolat, uniformisé les manèges forains, chassé les chasseurs des huttes de la baie de Somme, effacé la cigarette de Lucky Luke et empêché le capitaine Haddock de boire du whisky. Après soixante-dix années d'accumulation de mesures malveillantes, les poètes, traqués, avaient jugé qu'avec l'interdiction des petits marchés de campagne et des étalages en plein vent, « la coupe était pleine ».

Ainsi s'exprima avec vigueur le chef de la Nouvelle Pléiade, qui n'était pas, en vérité, un très grand poète et ne fuyait jamais les métaphores les plus usées. Aussi était-il le mieux à même de trouver un terrain d'entente avec Clément Bougon, qui, de son côté, ne reculait devant aucun cliché, aucune redondance, aucun lieu commun énergiquement martelé.

Mais, loin de se contenter du rétablissement des étalages des marchands de fruits et légumes dans la rue, la Nouvelle Pléiade exprima vingt-quatre nouvelles revendications en autant de vers. Décidé à faire quelques concessions pour aboutir, le ministre de l'Intérieur accepta de redonner un képi, un sifflet et un bâton blanc aux agents de police. Pour le reste, il jugea indispensable de consulter ses collègues du gouvernement avant de se prononcer sur les mesures demandées. On décida donc de se revoir à la fin de la semaine.

*

Clément Bougon se faisait fort d'obtenir de ses collègues les quelques concessions nécessaires pour mettre fin à une grève qui, les sondages le montraient, jouissait auprès de la population d'une popularité croissante et inquiétante. C'était compter sans la froide logique des ministères Bougon éprouva une première déception lorsqu'il rencontra le ministre des Finances pour lui exposer une des principales exigences des poètes : imposer les téléphones portables aussi lourdement que l'essence et le tabac, afin de redonner aux Français le goût de parler avec leurs voisins. C'était, selon la Nouvelle Pléiade, le seul moyen de pouvoir renouer des conversations dans les restaurants, lire dans les trains, rêver dans la rue et contempler les paysages, bref de retrouver la chance d'avoir de temps à autre une idée poétique. Le ministre de l'Intérieur abordait la discussion avec optimisme, car il savait qu'un ministre des Finances digne de ce nom saisit avidement toute occasion de créer une recette supplémentaire. Il fut donc surpris d'entendre son collègue invoquer de grands principes libéraux pour refuser cette surimposition : « Cher ami, dans un univers de libre concurrence, nous placerions nos entreprises en position de faiblesse par rapport à nos voisins qui, n'ayant pas nos scrupules poétiques, se garderont bien de surtaxer l'usage des portables. Nous ne pouvons pas nous mettre à dos les Télécom. »

Seconde déception. Le ministre des Affaires étrangères refusa avec la plus grande énergie de remonter à la charge auprès de la Commission de Bruxelles pour obtenir la levée de l'interdiction des étalages en plein vent : « Impossible, mon cher collègue. Climat oblige : les Suédois sont vigoureusement hostiles à l'exposition en plein vent des fruits et légumes ! Or nous avons besoin de leur appui contre les Britanniques dans la prochaine négociation sur la coloration des puddings et des pâtes de fruits. Nous ne pouvons pas nous mettre à dos les confiseurs. »

Clément Bougon essuya un troisième refus de la part du ministre de l'Équipement. Pour tenter de sauvegarder les derniers paysages ruraux, les poètes demandaient l'abolition de la récente loi qui rend obligatoire l'élargissement à quatre voies de toutes les routes départementales. Le ministre de l'Équipement, réaliste, invoqua les exigences de la sécurité routière et la nécessité de relancer l'industrie des travaux publics : « Vous comprenez, cher ami, nous ne pouvons pas nous mettre à dos le BTP. »

De même le ministre de la Défense considéra-t-il comme « un luxe parfaitement inutile » de reconstituer un escadron monté de la Garde républicaine et le ministre de l'Agriculture affirma que le principe de précaution lui interdisait d'admettre des moisissures dans le fromage de Roquefort.

Furieux de ces rebuffades, Clément Bougon « monta » jusqu'au Premier Ministre. Mais, là aussi, il ne rencontra qu'indifférence et incrédulité. Visiblement Jeremy Lebouchot avait d'autres préoccupations : « Tes poètes peuvent refuser de fleurir leurs fenêtres et de chanter dans les rues : je m'en balance. Tu ferais mieux, mon cher Clément, de t'occuper de gens sérieux comme les grévistes de la Société des Poudres qui menacent de faire sauter leur usine, ou ces producteurs de concombres qui viennent de mettre à sac la mairie de Belcastel et tiennent en otage le maire et son adjoint. Nous devons permettre à tous ces manifestants de sortir la tête haute des conflits en cours, n'est-ce pas ton sentiment ? C'est avec eux qu'il est urgent de traiter, à eux qu'il est urgent de céder, quitte à faire manger des concombres tous les jours dans toutes les cantines administratives. Et laisse tomber tes poètes, qui ne feront pas de mal à une mouche. »

Lors de la reprise de la négociation avec les poètes, Clément Bougon n'apportait donc pas grand-chose : en dehors de la levée de l'interdiction des feux d'artifice du 14 Juillet, le gouvernement n'acceptait aucune des exigences de la Nouvelle Pléiade. C'est pourquoi la grève des poètes se poursuivit.

⋆

Un mois passa sans que le gouvernement se préoccupât davantage des grévistes du Parnasse. Ce fut alors que se produisit un événement étrange. Le préfet de la Vézère se rendait à un comice agricole ; peu avant d'arriver à destination, il fit arrêter sa voiture dans un bois pour prendre une sage précaution lorsqu'on doit affronter une longue série de discours. Le représentant du gouvernement s'avança donc sous les arbres pour se soulager à l'abri des regards indiscrets… et personne ne le revit. Après une attente d'un quart d'heure, le chauffeur eut beau parcourir le bois en criant, puis alerter la gendarmerie et les pompiers, qui organisèrent une battue : aucune trace du préfet.

Ce n'est que deux jours plus tard que le correspondant local de *La Montagne* reçut un document composé à l'aide de caractères découpés dans des journaux et signé d'un groupe terroriste encore inconnu de la police : « Les Poètes masqués ». Le préfet de la Vézère y était qualifié d'individu néfaste qui signait des arrêtés illisibles, autorisait les porcheries industrielles à proximité des rivières, et laissait défigurer des villages pittoresques par des supermarchés. Les Poètes masqués menaçaient d'exécuter ce haut fonctionnaire si le gouvernement ne prenait pas sur-le-champ plusieurs initiatives poétiques : autorisation des étalages en plein vent de fruits et légumes, imposition des téléphones portables, etc.

Devant cette menace, Jeremy Lebouchot décida enfin de prendre l'affaire en mains. Il apparut à la télévision pour s'adresser au pays : « Le gouvernement ne cédera jamais à la violence et les auteurs de ce lâche enlèvement n'ont aucune pitié à attendre de la Justice s'ils ne relâchent pas immédiatement le préfet de la Vézère. Quant à la grande majorité des poètes, qui sont des gens paisibles et honnêtes, elle doit savoir que le gouvernement, épris depuis toujours de poésie, a la ferme volonté de répondre à leurs aspirations légitimes. J'ai donc décidé d'ouvrir dès demain une conférence rassemblant des poètes de toutes tendances pour étudier les mesures propres à redonner un souffle de poésie à notre pays. »

À l'issue de cette conférence qui se déroula « dans une atmosphère de grande compréhension », selon l'expression même du Premier Ministre, le gouvernement annonça son intention d'obtenir de la Commission de Bruxelles la levée de l'interdiction des étalages en plein vent, dût-il, pour être entendu, bloquer la conférence sur la coloration des puddings et des pâtes de fruits. Faute d'oser taxer l'usage des téléphones portables, le gouvernement se résolut au moins à l'interdire dans les lieux publics. Le Premier Ministre annonça encore une vingtaine de mesures destinées à satisfaire les poètes et accepta de ne voir dans l'enlèvement du préfet de la Vézère qu'une « simple licence poétique ».

Aussitôt les géraniums reparurent aux balcons, les chansons coururent les rues, les écoliers récitèrent du Prévert, les professeurs de français lâchèrent Sartre pour Verlaine, les grands-mères racontèrent à leurs petits-enfants des histoires d'enchanteurs, et l'on retrouva le préfet de la Vézère marchant le long d'une petite, toute petite route de son département, une vicinale si étroite qu'un tracteur n'aurait pas pu y croiser une vache. Le représentant de l'État déclara avoir été bien traité, à cette réserve près que ses ravisseurs – des sectaires à leur manière – l'avaient obligé en guise de rééducation à lire tous les jours, et même plusieurs fois par jour, jusqu'à ce qu'il le sût par cœur, jusqu'à ce qu'il s'en imprégnât, un texte ancien d'un certain Daudet, Alphonse Daudet : *Le sous-préfet aux champs.* Le malheureux en était maintenant si pénétré qu'il avouait que cette lecture ne lui avait pas été désagréable, qu'on y trouvait la marque d'une certaine sagesse, un espoir, peut-être, pour l'humanité. Bref, comme disent les services secrets, il était « retourné ».

Quelques semaines plus tard, d'ailleurs, il démissionna de la fonction publique et fit paraître à compte d'auteur, aux Éditions de la Lyre, un opuscule de *Quatrains et fatrasies*...

« Syndrome de Stockholm », commenta sobrement le commandant du GIGN.

ANTOLOJI DE LA LITÉRATUR FRANCÈZE DU 19e SIÈCLE

Extré du Figaro litérère du 12 janvié 2121

Jac Michar a u labonidé de publié unantoloji dela litératur francèze du 19e siècle en lang kontamporène. Léroman de Stindal élépoème de Bodler on, enéfé, leur boté, mé il fo bien avoué que leur lectur é dificil ojourdui, kar ilzon été écri avan la réform de lortograf. Sètantoloji permé de lir (ou de reulir) komodéman Ugo, Gotié ou Zola. Voila une okazion anepamanké de retrouvé dézoteur oublié, mé de talan ! Sèteureuzeinitiativ répon a un vré bezoin.

TABLE

Le merveilleux voyage en France d'Omar ben Alala 7

Les fouilles de Guéret 29

Le bois de Rauco. 59

La *Pilule de l'abbé Filou* 75

La loi Maréchal 83

Le do de la cuiller 101

Les moustiques de Pissevaches 111

Vu sur le sat 133

Le Pavillon d'Or 141

Le téléphone portable en bois 161

La reconnaissance des formes 165

Un accident sans responsable ! 173

La grève des poètes 177

Antoloji de la litératur francèze du 19e siècle 193

Impression réalisée sur CAMERON par

BUSSIÈRE CAMEDAN IMPRIMERIES

GROUPE CPI

à Saint-Amand-Montrond (Cher)
en janvier 2002

N° d'édition : 416. N° d'impression : 020335/1.
Dépôt légal : décembre 2001.

Imprimé en France